D1926405

Während Lisbeth nach einigen halbherzig durchgeführten Versuchen ihr Ringen um Emanzipation endgültig aufgegeben und sich damit abgefunden hat, ihrem Ehemann Benno auch die nächsten 25 Jahre lang zu dienen, dient Paula ebenso unverdrossen »der Sache«, das heißt der Befreiung der Frau. Regelmäßig führt sie in ihrem Frauenbuchladen Veranstaltungen durch, bei denen »starke Frauen« wie Lila Luder aus ihren Werken lesen. Doch irritiert muß sie zur Kenntnis nehmen, daß immer häufiger Stimmen laut werden, die verkünden, daß doch die ganze Thematik im Grunde überholt sei, da es Frauen, die unter der Knechtschaft eines Machos zu leiden hätten, gar nicht mehr gebe.

Empört holt Paula Lisbeths Briefe, die diese ihr jahraus, jahrein von der Familienfront geschrieben hat, hervor, um zu demonstrieren, daß das Thema noch lange nicht ad acta gelegt werden kann und es sehr wohl noch »viel zu tun« gibt. Die Demonstration hat einen unerwarteten Nebeneffekt: Es meldet sich ein Verlag, der Lisbeths Briefe drucken will. Das Buch erscheint und wird ein Erfolg, und Lisbeth begibt sich zwecks Verbreitung ihres Werkes zum erstenmal allein auf Reisen, von denen sie Paula in gewohnter Form Bericht erstattet. Sie macht die Erfahrung, daß nicht nur das Hausfrauendasein seine Tükken hat.

Auch Benno, der sich bereits zufrieden ausrechnet, wie er Lisbeths Honorare am zinsgünstigsten anlegen kann, entdeckt etwas Neues: Die Lisbeth, die von ihrer Reise zurückkehrt, ist jene rätselhafte Frau, mit der Benno künftig öfter zu tun haben wird – eine Lisbeth, die nein sagt.

Claudia Keller, Jahrgang 1944 und mit mehreren Literaturpreisen ausgezeichnet, schrieb u.a. die Romane »Streitorchester« und »Du wirst lachen, mir geht's gut«. Im Fischer Taschenbuch Verlag erschienen die Romane »Windeln, Wut und wilde Träume« (Bd. 4721), »Kinder, Küche und Karriere« (Bd. 10137) und »Der Flop« (Bd. 4753). Claudia Keller lebt in Frankfurt am Main.

Claudia Keller

Frisch befreit ist halb gewonnen

Reisebriefe einer verhinderten Emanze

Fischer Taschenbuch Verlag

Die Frau in der Gesellschaft
Lektorat: Ingeborg Mues

Originalausgabe
Veröffentlicht im Fischer Taschenbuch Verlag GmbH,
Frankfurt am Main, Juli 1992

© 1992 Fischer Taschenbuch Verlag GmbH, Frankfurt am Main
Umschlaggestaltung: Ingrid Hensinger, Hamburg
Umschlagabbildung: Jutta Bauer, Hamburg
Gesamtherstellung: Clausen & Bosse, Leck
Printed in Germany
ISBN 3-596-10752-0

Einleitung

Lisbeth hat, wir erinnern uns, nach dem mißlungenen Versuch, die drei Ks »Kinder, Küche und Karriere« unter einen Hut zu bringen, die Sache mit der Emanzipation endgültig aufgegeben und pendelt nun, da die Familie sich ihrerseits von ihr emanzipiert hat, ratlos zwischen Kühlschrank, Telefon und Arzneischränkchen hin und her. Es hat, so denkt sie zuweilen mit einem Anflug von Resignation, ja »irgendwie« doch alles keinen Zweck, und so tröstet sie sich halbherzig mit dem Gedanken, daß es den »anderen« Frauen im Grunde auch nicht besser geht als ihr. Zu den »anderen« Frauen gehört ihre Freundin Paula, die inzwischen ihren »Frauen-Lit-Laden No. 2« wieder schließen mußte, weil der Bedarf an Frauenliteratur leider nicht in dem Maße gestiegen ist, wie sie es sich erhofft hat.

Ja, er ist, wie sie verbittert feststellen muß, sogar leicht rückläufig. Dabei geht es Paula beileibe nicht (nur) ums Geschäft, ihr geht's vor allem um »die Sache«, und das ist für sie nach wie vor die Befreiung der Frau. Aber die Frauen, die sich regelmäßig nach Neuerscheinungen erkundigen und bereit sind, über diese zu diskutieren, sind die altvertrauten Kämpferinnen der ersten Stunde...

Der Nachwuchs fehlt!

Paula, die regelmäßig Lesungen veranstaltet, bei denen »starke« Frauen wie Lila Luder aus ihren Werken lesen, muß irritiert zur Kenntnis nehmen, daß sie zwar nach wie vor besucht werden, bei der anschließenden Diskussion jedoch immer öfter Unmut laut wird: Die ganze Frauenliteratur sei doch im Grunde überholt, da es die darin behandelte Problematik gar nicht mehr gebe... Ja, eine der anwesenden Frauen läßt sich gar zu der Äußerung hinreißen, daß »der Mann« gar nicht (mehr) »so« sei, und Heidlind gibt sogar öffentlich (!) zu, daß sie mit »ihrem« richtig glücklich sei. Der Tumult, den Paula auf diese tollkühne Bemerkung hin erwartet hat – bleibt aus.

Also – Paula muß tief durchatmen – Frauen, die unter der

Knechtschaft eines Machos leben müssen, gibt es nicht mehr? »Mann« ist wieder »in«? Und »frau« hat nach jahrelangem, zähem Kampf nichts Besseres zu tun, als zu ihren alten Träumen zurückzukehren?

»Aber«, feuert Paula sich selbst an, »bloß nicht erschlaffen!« Und um zu demonstrieren, daß es nach wie vor Frauen gibt, die unter »solchen Männern« leiden, und daß es (packen wir's an!!!) durchaus »noch viel zu tun gibt«, holt Paula Lisbeths Briefe hervor, in denen diese ihr von den Kämpfen berichtet, die sie tagaus, tagein an der Familienfront zu bestehen hat. Der Schauplatz dieser Kämpfe ist das »Heim der Familie«, ein Reihenhaus am Heckenweg, und die »Gegner«, gegen die Lisbeth in bewährter Tapferkeit antritt, sind ihr Mann Benno I, ihr beinahe erwachsener Sohn Benno II und die nur noch sporadisch auftretende Studentin Lil. Die von den Kindern freigegebenen Stellen halten seit einigen Jahren Mutter Mary und Schwiegermutter Änne besetzt, wobei letztere den ihr zustehenden Platz besonders ausdauernd einnimmt, da sie sich einst an der Finanzierung besagten Reihenhauses beteiligt hat, eine Tatsache, die zu erwähnen Änne niemals müde wird.

Paulas Demonstration hat einen unerwarteten Nebeneffekt: Es meldet sich ein Frauenbuchverlag, der Lisbeths Briefe veröffentlichen will. Das Buch erscheint und wird ein Erfolg, und Benno I betrachtet seine Frau mit neuem Interesse: Nicht, daß es die neuentdeckte schöpferische Quelle im Inneren seiner Frau ist, die dieses Interesse erregt (was in einem Menschen vor sich geht, der sich hinsetzt und Briefe schreibt, kann er geistig nicht so recht nachvollziehen), aber etwas anderes läßt ihn aufhorchen: daß nämlich die Quelle in Lisbeths Innerem nicht nur besagte Briefe, sondern (hochinteressanter Nebeneffekt!) auch Kapital hervorzubringen imstande ist! Echtes, greifbares Kapital, das aus lieber, guter Gewohnheit zunächst einmal auf das »gemeinsame«, sprich Bennos Konto fließt...

Und so hat Benno auch nichts dagegen, daß Lisbeth sich zwecks Verbreitung ihres dichterischen Werkes auf eine Lesereise begibt, von der sie, in altbewährter Form, Paula Bericht erstattet. Zwischen ihren Auftritten kehrt sie immer wieder nach Hause zurück, wo Benno seinerseits nicht untätig geblieben ist. Er hat sich bereits ausgerechnet, wie man Lisbeths Kapital am zinsgünstigsten anlegen, sprich, für immer eineisen kann. »Lisbeth soll«, so tut er überdies gönnerhaft kund, »ruhig weiterschreiben.« Doch irritiert muß er erfahren, daß Lisbeth nicht vorhat, ihm ihr »Vermögen« zu treuen Händen zu übergeben, ja, daß sie darüber hinaus nicht mehr als diejenige von ihren Reisen zurückkehrt, als die sie losgefahren ist...

Und da sich Freiheit, wenn sie erst einmal entfesselt ist, kaum mehr dosieren läßt, lernt Benno erstmalig jene Lisbeth kennen, mit der er künftig öfter zu tun haben wird: eine Lisbeth, die nein sagt.

1. Mai

Liebe Paula,
sag mal, bist Du wahnsinnig geworden???

Wie kannst Du meine Briefe, von denen ich geglaubt hatte, daß sie längst »den Weg alles Irdischen« gegangen seien, diesem Frauenbuchverlag anbieten, der sie dann auch noch drucken will?

Nein, Kind, das freut mich nicht!!! Ich bin einfach nicht geschäftstüchtig genug, als daß ich mich eines Ruhmes erfreuen könnte, von dem ich mir absolut nicht vorstellen kann, wie er aussehen mag. Wie soll ich das vor meinem Ehemann rechtfertigen und, schlimmer, vor dem Bekanntenkreis meines Ehemannes? Was werden die Kinder sagen? (Ich gehöre der altmodischen Art von Müttern an, die lieber für ihre unvergleichlichen Krapfen gerühmt wird, als für den Mut, »alles zu sagen«!)

Glaub mir, Pauline, im Moment fühle ich mich wie eine, die nach einer vertraulichen Plauderstunde mit einer guten Freundin und geistigen Verwandten zur Kenntnis nehmen muß, daß die »nette« Frau, vor der sie glaubte, mal rückhaltlos auspacken zu können, weder eine Freundin noch eine geistige Verwandte, sondern in Wirklichkeit eine knallhart spekulierende Journalistin ist, die alles, was »Frau L.« ihr erzählt hat, zwar für kompletten Schwachsinn hält, es aber in ihrer Zeitschrift unter der Rubrik »Meine Geschichte« prima unterbringen kann. Pauline, das habe ich nicht verdient!!! Mir wird ganz schwach bei dem Gedanken, mich solchermaßen aus meiner gemütlichen Wohnküche heraus ans grelle Licht der Öffentlichkeit gezerrt zu sehen, und überdies hörte ich erst gestern wieder von Meta Meier (der Vorsitzenden unseres Literaturkreises, ich lernte sie in der Bücherei kennen, wo sie eine Lesung ansagte), daß Dichter hierzulande wenig anerkannt sein sollen und sehr schlecht bezahlt werden (sie nannte die umgekehrte Reihenfolge: schlecht bezahlt und deshalb wenig anerkannt). Also, was außer der totalen Verarmung wird mir das Ganze bringen? (Mit »total« meine ich finanziell *und* menschlich.)

Also jetzt mal sachlich: Natürlich könnte ich den »Reichtum«, den Du mir in Aussicht stellst, um mich zu ködern und gefügig zu machen, brauchen, denn für jemanden ohne eigenes Einkommen ist *jede* Summe von zehn Mark aufwärts bereits Reichtum. Ich sehe mich schon bei »Koch und Grill – Ihr Küchenspezialist« gelangweilt in Prospekten blättern (»Haben Sie nichts Exklusiveres?«), aber wäre es nicht möglich, daß Ihr mich unter Pseudonym vermarktet? Ich möchte unter dem Namen Lis Beth erscheinen, da wird niemand den geringsten Verdacht schöpfen, und ich bleibe »ganz bei mir«, und der Name meines Ehemannes bleibt unbefleckt und rein.

Könntet Ihr mir meine gesammelten Werke nicht überhaupt mal zuschicken, ehe Ihr irgend etwas nicht Wiedergutzumachendes unternehmt, und mir die Chance geben, sie noch ein bißchen zu schönen, zu glätten und verfängliche Stellen wieder »an mich« zu nehmen?

Ich habe ja keine Kopie davon! Wahrscheinlich werden mir beim Lesen und dem indiskreten Blick in meine Vergangenheit die Augen tränen.

Paula, ich sehe Dich jetzt sehr ernst an, dies ist kein richtiger Brief, bitte, schick ihn nicht drei Minuten nach Erhalt durch fliegenden Boten zu *frau & press*, um ihn drucken zu lassen, wobei mir ein weiterer unangenehmer Nebeneffekt der ganzen Geschichte einfällt: Ich werde künftig nie wieder so richtig aus vollem Herzen an Dich schreiben können... und wie soll ich andererseits ohne den schriftlichen Gedankenaustausch mit Dir überleben? Meine regelmäßigen Briefe an Dich ersetzen mir seit Jahren einen teuren Therapeuten.

Übrigens soll es ja auch Therapeuten geben, die die Ergüsse ihrer Patienten vermarkten. »Der Fall L. B.« oder so ähnlich, zu dieser unangenehmen Sorte von Mitmensch gehörst Du also heimlich?

Wobei mir wieder die materielle Seite der ganzen Geschichte einfällt: Hemingway hat sich Millionen *und* den Nobelpreis zusammengeschrieben und hatte doch ein gräßliches Ende...

Einem solchen mit vor Schreck geweiteten Augen entgegensehend, die Hand auf das bebende Herz gepreßt,

L. B.

PS: Liebe Paula, nachdem ich, in tiefstes Nachdenken versunken, so an die dreißig Kilometer im Wohnzimmer hin und her gewandert bin, hier das Resultat von Wanderschaft und geistiger Arbeit: Es ist wirklich unumgänglich, daß Ihr mir eine Kopie der Briefe (besser die Originale) zuschickt. Ich glaube, viel wichtiger, als daß *ich* (Feigling) unter falschem Namen erscheine, ist, daß ich die Namen meiner Lieben ändere. Wie gefällt Dir in diesem Zusammenhang übrigens »Benno«, wäre das nicht ein herrlicher Name für einen Ehemann? Und für seinen Abkömmling der Einfachheit halber »Benno II«?

Und was machen wir mit Dir? Willst Du erkennbar bleiben?

Und was machen wir mit *Deinem* Ehemann samt Zweitfamilie? Ich traf selbige gestern im Baumarkt, wo sie ihren Familienkombi mit Eternitplatten beluden, wir haben freundlich miteinander geplaudert, wahrscheinlich war es das letzte Mal.

Ich hörte, die meisten Dichter hätten in dem süßen Wahn zu schreiben begonnen, nicht nur Popularität, sondern auch die Herzen ihrer nächsten Umgebung zu erringen... und doch sind die meisten später ziemlich vereinsamt, merkwürdig, nicht?

5. Juni

Liebe Pauline,
gestern schickte mir *frau & press* den Vertrag und die Kopie meiner Briefe. Teufel, das ging aber schnell!!!

Ich rief Meta Meier vom Lit-Kreis an (meine bisher einzige halbwegs kompetente »Kollegin« und Auskunftei in Schriftstellerfragen), und ich hörte durch den Apparat hindurch, wie sie zunächst dreimal schluckte, ehe ihr eine heisere Gratulation gelang. Dann ließ sie mich wissen, daß sie »dazu« gar nichts sagen könne, denn bei »seriösen« Verlagen dauere es Monate, bis man den Vertrag in Händen halte, und sie fügte hinzu, sie hoffe nur »für mich«, daß die ganze Sache auch genügend durchdacht und kalkuliert sei.

Ich ließ mir das durch den Kopf gehen und kam zu dem Schluß, daß Metas Befürchtungen unbegründet sind und Ihr »starken« Frauen sicher wißt, was Ihr tut, wenn Ihr es mit der Verbreitung meines dichterischen Werkes so eilig habt. Wahrscheinlich treibt

Euch die Angst, daß es in Kürze keine Ehefrauen und/oder Machos mehr geben wird und die Aktualität meines Buches somit nicht mehr gegeben ist.

Aber keine Bange! *Einen* Macho wird es, wie mir schwant, noch eine ganze Weile geben, und sollten die oben erwähnten Zustände tatsächlich eintreten, so könnte man ja mein Buch, die Nostalgiewelle ausnutzend, unter dem Titel: »Wie's früher war – Großmütterchen erzählt« herausbringen. Groß*väterchen* könnte man dann als Ausstellungsstück mit zu den Lesungen schleppen, und er würde im Fernsehen auftreten und erzählen, wie zackig die Weiber früher, in der guten alten Zeit, gespurt haben.

Aber Spaß beiseite!

Ich erhielt also gestern, wie ich zugeben muß, mit einigem Herzflimmern, den Vertrag und meine »gesammelten Werke«, und da ich die Satzungen, die ich unterschreiben sollte, geistig nicht erfassen konnte (ich mußte mich sehr beherrschen, *nicht* Benno um Rat zu fragen, was etwa ebenso klug gewesen wäre, wie wenn sich die Henne vom Fuchs beraten ließe, wie sie sich vorm Gefressenwerden schützen könnte), legte ich den Vertrag erst mal zur Seite, um mich in meine eigene Vergangenheit zu vertiefen. Welch fröhliches Wiedersehen!

Ich nahm die Briefe am Abend mit ins Bett, als Benno sich auf »England gegen Schweden« konzentrierte, nicht ahnend, was ich, seine totale Konzentration auf »England gegen Schweden« schamlos ausnutzend, derweil heimlich im Bett trieb.

Ich las meine Ergüsse an Dich hintereinanderweg, und ich muß sagen, mein Werk gefiel mir!!! (*Einen* Fan habe ich also schon, was irgendwie beruhigend ist!) Also, Pauline, die Sache geht klar! Ihr könnt das alles genauso drucken, wie es dasteht, natürlich nur unter Berücksichtigung der Namensänderungen. Eine entsprechende Liste habe ich bereits aufgestellt. Nun will ich nur hoffen, daß ich nicht mein einziger Fan bleibe und die mutigen Damen von *frau & press* wenigstens ihre Unkosten wieder reinkriegen. Es wäre mir sehr peinlich, den Untergang eines so engagierten Frauenverlages auf dem Gewissen zu haben.

Den Gedanken an meinen *eigenen* Untergang erfolgreich verdrängend,
Deine Lisbeth

PS: Der Vertrag geht mit gleicher Post an *frau & press* ab. Ich habe ihn blind unterschrieben, »einfach so«, ohne erst groß nach der Brille zu suchen. Irgendwie erscheint es mir ohnehin geradezu vermessen, mein Werk nicht nur drucken, sondern darüber hinaus auch noch honorieren zu lassen.

Findest Du es sehr unmoralisch, daß ich diese Bedingungen einfach so akzeptiert habe, anstatt *frau & press* mein Werk zu schenken und damit weniger mir selbst als »der Sache« zu dienen?

PS 2: Habe mir gerade einen Kaffee gekocht und mir, während das Wasser durchlief, mal meine Kücheneinrichtung betrachtet. Reichlich betagt!!!

Vielleicht hätte ich den Vertrag doch erst mal lesen sollen:

5 % sind doch eigentlich nicht das übliche, oder? Meta Meier sagte, 7 % seien das mindeste...

Was glaubst Du, wie hoch die Auflage sein wird? Meta Meier sagte, 3000 sei »normal«, und davon bliebe meist noch die Hälfte liegen. Das war doch sicher bloß Neid, nicht? *Dreitausend*???

Meta Meier sagte, im Literaturgeschäft sei *alles* möglich. Das sei ja gerade das Schöne... Aber für neue Küchen*gardinen* wird's doch reichen... oder?

PS 3: Du brauchst mir auf keine dieser kleinkarierten, geradezu Benno-artigen Fragen zu antworten.

Beschämt von dem unerwarteten Auftauchen meiner niedrigen Triebe,

Lieschen Müller

Liebe Pauline,
etwas zittrig, aber zufrieden, wie stets nach einer gewonnenen Schlacht, will ich mich rasch zu einem Schrieb an Dich aufraffen! Ich habe in bewährter Tapferkeit (und mit zusammengebissenen Zähnen!) soeben jenen wichtigen Meilenstein hinter mich gebracht, den ich bereits seit Monaten auf der Straße meines Lebens liegen und unheilverkündend auf mich warten sah. Denk Dir, ich habe soeben Bennos Fünfzigsten überlebt!

Bennos fünfzigster Geburtstag war ein gesellschaftliches

Großereignis, bei dem sich sein Part darin erschöpfte, still im Sessel ruhend eine Huldigung nach der anderen entgegenzunehmen, derweil ich die Aufgabe hatte, ein wenig Schwung in die Szenerie zu bringen, will sagen, daß ich mit Requisiten beladen auf seiner Bühne auf- und abtauchte. (Auftritt links mit Häppchenplatte, Abgang rechts mit Gläsertablett.) Leider mußte ich feststellen, daß ich stündlich an Spannkraft und Schönheit verlor und mich in der Schlußszene wie eine Karikatur des Butlers in »Dinner for one« fühlte, obwohl bei uns die Tischrunde vollzählig versammelt war und etwaige Lücken sofort aufgefüllt wurden.

Am Freitagabend kamen die Sportskameraden aus Bennos diversen Clubs, und sie blieben bis lange nach Mitternacht, am Samstagmorgen beehrten uns die Spitzen des Betriebes zum kleinen Sektfrühstück, und die meisten verabschiedeten sich brav gegen dreizehn Uhr, aber die paar, die sich nicht verabschiedet hatten, blieben wieder bis Mitternacht, und Sonntag war dann »Familientag«, an dem unsere Omis und die Kinder sich über die Reste hermachten, welche die Betriebs- und Vereinskameraden übriggelassen hatten. Lil, die wie üblich kurz vor irgendeiner ganz wichtigen Prüfung stand, und Benno II, der wegen Vaters Fünfzigstem ein noch viel wichtigeres Spiel bei den Junior Kickers ausfallen ließ, schenkten uns einen ganzen Nachmittag ihrer kostbaren Zeit, und zwar ohne auf ihren Stühlen hin und her zu rutschen, für einige Stunden ans Telefon zu entfliehen oder durch genervtes Auf-die-Uhr-Gucken und die bekannte »Ich-muß-los-Uli-wartet«-Konversation wachsenden Unmut zu signalisieren. So wurde der Sonntag dann richtig gemütlich, denn auch die beiden Omis taten kund, daß sie massig Zeit mitgebracht hätten, und wuchsen in ihren Gartenstühlen, gemütlich verpackt (Kissen unten, Wolldecken oben), förmlich fest.

Ich warf mich zu Tode erschöpft in die Gartenschaukel, betrachtete meine Lieben im Abendsonnenschein und ließ die vergangenen Tage Revue passieren. Benno sah nicht sonderlich ermattet aus, denn abgesehen von der Großtat, sich feiern und an die zweitausendmal bestätigen zu lassen, welch hochqualifizierter Abteilungsleiter, unersetzlicher Tennis-, Squash- und Joggingpartner, liebevoller Sohn und Vater und aufopferungsbereiter Ehrenamtsvorsitzender er doch sei (sein Leben war harte Arbeit und Sorge um die ihm Anvertrauten... wir wollen es ihm ewig danken, amen), hatte er an seinen drei Großkampftagen nicht allzuviel zu leisten. Und als ich die ganzen Ehrungen so bedachte, kam mir der ketzerische Gedanke, daß der Platz an meiner Seite der einzige Platz in seinem Leben ist, wo er durchaus ersetzbar wäre... Oder ist die Ersetzbarkeit in meinem Leben eine direkte Folge seiner sonstigen gnadenlosen Unersetzlichkeit...?

Ich meine, der dunkle Verdacht, daß irgend etwas mit mir nicht in Ordnung ist, quält mich ja schon lange, aber anläßlich »unseres« großen Festes wurde es mir zur dumpfen Gewißheit: Es wollte mir einfach nicht gelingen, mich als »wichtiger Teil« von Bennos Erfolg zu fühlen, obwohl mir mindestens ein Dutzendmal unterstellt wurde, daß ich auf eben diesen Erfolg doch sicherlich ebenso stolz sei wie er. Man hätte diese Frage an Änne weiterreichen sollen, sie hätte sie weit glaubwürdiger bejaht...

Am letzten Feiertag kam im intimen Kreise der Familie übrigens zur Sprache, daß Benno trotz seiner mannigfaltigen Pflichten die Jahre »irgendwie besser« überstanden habe als ich (Änne fand mich auffallend blaß, Mary bemängelte die mangelhafte modische Verpackung meiner äußeren Erscheinung), woraufhin ich erwiderte, daß es ja bekannt sei, daß man Frauen die Jahre eher ansehe als Männern!

»Merkwürdig genug«, sagte ich kampflustig, »wo doch die meisten Fünfzigjährigen noch im Vollbesitz ihrer Haare sind und keinen Bauch vor sich herschieben, der auf permanentes Schwangersein schließen läßt, aber wahrscheinlich sind es gerade die dichten Haare und ihre platte Vorderfront, die sie so alt erscheinen lassen.« Mary grinste, und Änne glotzte mich wie stets verständnislos an und sagte: »Nein, ich finde, daß du ganz einfach ein wenig mitgenommen aussiehst, in deinem Alter sollte man ein bißchen mehr auf sich achtgeben«, wobei ihr mitleidiger Blick Benno streifte. Ich hatte nicht übel Lust, sie anzupfeifen, daß sie ihr eigenes jugendfrisches Aussehen ja nicht zuletzt dem glücklichen Umstand zu verdanken habe, daß sie den Fünfzigsten ihres Gatten gar nicht mehr miterleben mußte und sich in fünfundzwanzig Jahren fröhlicher Witwenschaft von ihrer zwanzigjährigen Ehe erholen konnte.

Ich verkniff mir jedoch diese Bemerkung und entschuldigte mich lediglich für mein zerknittertes Äußeres und die Tatsache, daß es mir einfach (trotz größter Bemühungen!) nicht mehr gelingen will, dreitägiges Dauerfeiern plus Bedienen rund um die Uhr ohne Knitter zu überstehen (hahaha). Änne ging auf meine unqualifizierten Bemerkungen gar nicht ein, sondern lächelte mich »mütterlich« an und sagte, daß »wir« ja dann in einigen Jahren meinen Fünfzigsten feiern würden und wie sehr sie sich heute schon darauf freue. Ich sagte, daß sich meine eigene Vorfreude zwar in Grenzen halte, daß ich jedoch gleich morgen mit dem Training begänne, gleichzeitig mit Häppchenplatten durch die Gegend zu spurten, huldvoll zu lächeln, mit hundert Gästen auf mein Wohl anzustoßen und *bei alledem nicht zu ermüden*, eine Bemerkung, mit der ich herzliches familiäres Gelächter auslöste. Ich dachte, daß dies eine gute Gelegenheit sei, die Aufmerksamkeit von meinen äußeren auf meine inneren Werte zu lenken, und fügte lässig hinzu: »Wenn ich überhaupt zu Hause bin, ich habe nämlich ein Buch verfaßt, das ein Verlag herausbringen wird, und es ist schon möglich, daß ich an meinem Ehrentag gar nicht anwesend, sondern gerade auf einer Lesereise bin...«

»Durch die USA«, kicherte Lil.

»Was ist es denn für ein Buch?« fragte Mary und ließ sich von Benno noch einen Gin Tonic geben. »Doch hoffentlich kein Ratgeber für ökologische Müllentsorgung im Haushalt oder so etwas.«

»Sicher ein Kinderbuch«, antwortete Änne an meiner Stelle. »Ich hatte eine Freundin, die Schwester war mit einem Neffen von Kronbachs verheiratet, Korken-Kronbach, die früher die große Fabrik am Gülzentor hatten, die schrieb ganz reizende Kinderbücher, an eins erinnere ich mich noch, ›Bärli auf Honigjagd‹ oder so ähnlich, Benno, erinnerst Du Dich nicht noch an Tante Clara, die dir immer diese bezaubernden Kinderbücher mitgebracht hat?« Benno lächelte freundlich-entspannt, weil er nach dreitägiger Gratulationscour gar nicht mehr anders konnte, als freundlich-entspannt zu lächeln, und erfreute Änne dahingehend, daß er glaubwürdig versicherte, sich selbstverständlich noch an Tante Clara und ihr »Bärli auf Honigjagd« zu erinnern, woraufhin Änne ins

Nachsinnen geriet und jeden Titel der begnadeten Clara aus ihrem Gedächtnis kramte... Mary sagte, daß sie auch schon immer ein Buch schreiben wollte, über Kosmetik in der Antike, alte Schönheitsmittel wie Eselsmilch und so, leider sei ihr da eine Amerikanerin zuvorgekommen, die auch ein Buch über dieses Thema verfaßt habe, »und es ist ein Top-Bestseller geworden!«

Und Lil erzählte, eine Kommilitonin habe kürzlich ihre Examensarbeit drucken und binden lassen, aber kein Mensch interessiere sich dafür, und es habe ein Schweinegeld gekostet. »Bei meinem Buch handelt es sich um einen Familienroman in Briefform«, versuchte ich das Thema wieder an mich zu reißen (wobei ich listig verschwieg, daß es sich um Briefe handelt, die ich Dir im Laufe der Jahre geschrieben habe, und daß die Familie, um die es geht, allen bestens bekannt ist) und fügte lässig hinzu, daß es sich in meinem Fall keineswegs um einen Verlag handele, der Druckkostenzuschuß in welcher Höhe auch immer verlange (Meta Meier sagt, das täten viele Verlage!), sondern der das Risiko ganz allein zu tragen bereit und imstande sei. Meine große Neuigkeit zeigte jedoch nicht den Effekt, den ich erwartet hatte. Man war wohl einfach zu müde, nach tausend und einer Lobpreisung für Benno nun auch noch mir irgendeinen Beifall zu zollen. Benno ließ es bei einem müden »Na, darauf wollen wir anstoßen!« bewenden, wahrscheinlich, weil ihm dieser Satz, jetzt, an seinem dritten Feiertag, bereits ganz von selbst über die Lippen kam, und Änne fing wieder davon an, daß das Schreiben von Kinderbüchern »für eine Frau, die von der Familie nicht mehr so in Anspruch genommen wird«, ein sehr nettes Hobby sei, und Mary kam wieder auf die Eselsmilchgeschichte zurück, unter besonderer Berücksichtigung der Tatsache, daß das Buch lediglich historischen und keinerlei praktischen Wert habe, da das Beschaffen von Eselsmilch heutzutage mit gewissen Schwierigkeiten verbunden sei.

Lil sagte: »Ich kenne eine, deren Tante auch ein Buch geschrieben hat, und hinterher ist der Verdienst von der, die das Manuskript für sie abgetippt hat, höher gewesen, als der Verdienst, den die Dichterin selbst einstreichen konnte«, und Benno ließ verlauten, er kenne keinen einzigen, wirklich keinen einzigen, der Zeit hätte, Bücher zu lesen.

»Eben!!!« konnte ich mich gerade noch beherrschen zu schreien.

Jedenfalls war die Situation sehr günstig, um der Sippe »mein Kind von zweifelhafter Herkunft« unterzujubeln... Sie waren einfach zu erschöpft und zu vollgefressen, als daß sie noch die Energie aufgebracht hätten, nach dem »Woher« zu forschen, nachdem sie sich ein für allemal und überraschend schnell über das »Wohin« geeinigt hatten: »Modernes Antiquariat!«

Gegen Mitternacht, als der endgültig letzte Gast das Haus verlassen hatte und ich in der Küche stand und mit dem ewig gleichen Problem rang: jetzt noch aufräumen unter der Gefahr, vielleicht zusammenzubrechen, oder morgen früh auf nüchternen Magen den Anblick einer vollgestellten, übelriechenden, verklebten Küche ertragen zu müssen und *dann* zusammenzubrechen, klingelte noch einmal das Telefon. Ich schlich mich lustlos hin, in der Befürchtung, einen verspäteten Lobgesang auf Bennos Fünfzigsten entgegennehmen zu müssen, aber es war nur Meta Meier, die mich neuerdings als eine der ihren betrachtet. Sie erzählte, sie habe »bis jetzt« gearbeitet (womit sie den dichterischen Prozeß meinte und nicht das Abspülen von Gläsern) und sich gedacht, daß es vielleicht ganz lehrreich für mich sein könne, sie an einem der nächsten Wochenenden zu einer Arbeitstagung zu begleiten, zu der der InAuBu (Internationaler Autoren-Bund), dem sie angehöre, eingeladen habe. Als ich zögerte, sagte sie, sie werde mir die Statuten dieses Vereins mal zuschicken, es sei bestimmt gut, mit erfolgreichen Kollegen in Verbindung zu stehen. Der Verband soll dreihundertfünfzig Mitglieder haben, und zwar bekannte Schriftsteller ebenso wie solche, die ihren Weg noch finden müssen (wobei die bekannten Autoren den Neulingen beim Finden ihres Weges behilflich sein wollen). Da ich mich zu den Neulingen zähle und es mich gleichzeitig danach dürstet, erfolgreiche »Kollegen« kennenzulernen, sagte ich zu.

Und glaub mir, ich freue mich riesig darauf... Schließlich ist es die erste Tagung, auf der ich als eigenständige Person auftrete und nicht bloß als Bennos Anhängsel. Hoffentlich merkt man mir nicht allzu deutlich an, daß ich meinen Weg nicht nur noch nicht gefunden habe, sondern bis jetzt nicht mal ansatzweise erkennen kann, wohin er mich führen wird. Vielleicht werden es mir die bekannten Kollegen ja sagen...

Drück mir die Daumen! Lisbeth

PS: Obwohl es sich um eine Arbeitstagung handelt, finden auch Lesungen statt. Stell Dir vor, ich sollte auch lesen, aber ich habe mich gedrückt. Ich schäme mich, wenn alle anderen da mit ihren dicken Büchern ankommen und ich »Ungedruckte« bloß mit Blättern. Aber beim nächstenmal werde ich mich erheben wie Phönix aus der Asche! *Frau & press* kündigte mir übrigens gestern in einem Brief den Umbruch an. Sie wollen ihn mir schon in drei Wochen schicken...

Hoffentlich ist das auch alles (Meta spricht) genau durchkalkuliert. Ich meine, es kommt mir jetzt doch ein bißchen übereilt vor! Oder was meinst Du?

Hotel Hessischer Landgraf
2. September

Liebe Paula,
Meta ist auf einer »Matinee« (eine etwas hochgegriffene Bezeichnung für eine sehr öde Veranstaltung), auf die ich sie jedoch heute, am zweiten Vormittag unserer »Arbeitstagung«, nicht mehr begleiten wollte. Ich habe bereits die Lesung gestern und das fröhliche Beisammensein am Freitagabend nur mit knapper Not überlebt und muß Dir gestehen, daß mein Einstieg ins Schriftstellerleben äußerst kläglich verlief: Man stolperte sozusagen die Treppe runter, anstatt sie, wie erhofft, stolz und erhobenen Hauptes hinaufzuschreiten, wobei es sich überdies um eine ziemlich dustere, abgeschrappte Holztreppe handelte, krumm getreten von vielen entmutigten Schritten.

Ach, Paulinchen, das ganze Unternehmen war wirklich sehr schlimm, schlimmer als jede Tagung, die ich je an Bennos Seite erlebt habe, schlimmer als drei Tage Gartenumgraben oder sechs Stunden Kaffeeklatsch mit Änne. Im Vertrauen: Es war eigentlich nichts als traurig!

Der erste Tiefschlag traf mich gleich zu Beginn, denn von den dreihundertfünfzig Mitgliedern »aus dem In- und Ausland« waren ganze fünfzehn erschienen!

Zudem handelte es sich ausschließlich um sehr alte, hagere Damen, die sich auf erschreckende Art und Weise ähnelten (ich mußte unwillkürlich an eine Krähenkolonie denken) und sich sämtlich durch einen neidisch-verkniffenen Zug um den Mund und einen unerschütterlichen Glauben an sich selbst und ihre Sendung auszeichneten! Fast alle schleppten zum Zeichen ihres Dichtertums irgend ein »wichtiges« Manuskript mit sich herum, aus dem vorzulesen sie stets und gnadenlos bereit waren.

Es ging gleich nach der Ankunft los, als wir uns unten in einem Hotelhinterstübchen nahe der Kegelbahn zusammenfanden und ich schon fürchtete, daß der fröhliche Lärm der Kegelbrüder uns womöglich an den ernsthaften Gesprächen hindern könne, zu denen wir ja schließlich hier und heute zusammengekommen waren – Gesprächen, die sich um die schriftstellerische Arbeit und jene wichtigen Erfahrungen drehten, welche jede einzelne im Umgang mit Verlegern und Lektoren gesammelt hatte. Doch weit gefehlt...

Die Arbeitstagung als solche scheiterte ganz einfach an der traurigen Tatsache, daß es die Anwesenden trotz jahrzehntelanger Bemühungen einfach nicht geschafft hatten, überhaupt Erfahrungen mit Lektoren und Verlegern zu sammeln, wenn man von der Erfahrung, in welcher Form der jeweilige Verlag ein Manuskript abzulehnen pflegt und wie viele Jahre er sich dazu Zeit läßt, einmal absieht.

Zunächst jedoch dachte ich mir nichts Böses und glaubte, daß der Großteil der Schriftsteller (die aus dem Ausland beispielsweise) der weiten Anreise wegen sicher erst morgen eintreffen werde, und so ließ ich mich neben eine ältliche Dichterin auf einen Stuhl fallen, ohne zu beachten, daß sie mich grämlich mit tief herabgezogenen Mundwinkeln musterte. Ich bestellte mir fröhlich ein Bier und steckte eine Zigarette in Brand, aber Frida Föß-Güldenreith wies mich unverzüglich darauf hin, daß Wolff-Rafael es nicht gern sehe, wenn in dem Raum, »in dem er später vielleicht singt«, geraucht werde.

Ich sah mich erstaunt um, konnte aber weder von Wolff-Rafael noch einem anderen männlichen Wesen die geringste Spur entdekken. »Wolff-Rafael schafft es nur selten, gleich am ersten Abend dabeizusein«, klärte Frida mich auf, »denn schließlich bedeutet die Führung eines so großen Literaturclubs, wie es der InAuBu ist, ja ein enormes Ausmaß an Arbeit.« »Wieso Arbeit?« fragte ich naiv. Frida zog ihre dünnen, nachgestrichelten Augenbrauen hoch und schnarrte: »Presse, Veranstaltungen, Infos, Rundschreiben, Organisation von Lesungen, Verlagsarbeit, Presse!«

Mir fiel auf, daß sie das Wort »Presse« bewußt wiederholte, und ich fragte, ob Wolff-Rafael selbst denn kein Schriftsteller sei.

»Er hat seine eigene schriftstellerische Tätigkeit aufgegeben, um sich ganz den Zielen des InAuBu widmen zu können«, sagte Frida und fügte hinzu: »Außerdem schafft es kein Verleger, gleichzeitig das Werk von Hunderten von Autoren zu betreuen und selbst zu schreiben!« Sie sah mich lauernd an, und ich stellte brav die Frage, die sie jetzt offensichtlich erwartete.

»Wieso Verlagsarbeit?«

Frida warf mir einen herablassenden Blick zu und klärte mich dann wichtigtuerisch über die *Cosmos Edition* auf, einen hauseigenen Verlag, den Wolff-Rafael zusammen mit seinem Freund Wimm Fischer (einem ehemaligen Journalisten!) betrieb.

Die *Cosmos Edition*, so erfuhr ich, drucke ausschließlich Werke der im Verband organisierten Autoren, und da der Verlag leider noch nicht so bekannt sei, müsse der jeweilige Autor die Kosten selbst übernehmen, was jedoch auch Vorteile habe, wie Frida etwas atemlos beteuerte, da die *Cosmos Edition* ausschließlich »richtige Bücher in wertvollen Ausgaben« produziere und einen nicht mit einem »billigen Taschenbuch, das man nirgendwo vorzeigen kann«, abspeise. »Das Hauptargument, sich für die *Cosmos Edition* zu entscheiden«, fuhr Frida fort, »besteht jedoch darin, daß die gesamten Rechte beim Autor bleiben, insbesondere das Recht der Übersetzung und das Recht der Verfilmung«, ein Punkt, der Frida ganz besonders wichtig erschien. »Ich glaube nicht, daß ich mich heute überhaupt noch dazu entschließen könnte, mein Werk einem der Großverlage anzuvertrauen und damit die gesamten Nebenrechte gleich mit zu veräußern«, teilte sie mir, aus dem

Schatz ihrer Erfahrungen schöpfend, mit und fügte mit vertraulich gesenkter Stimme hinzu: »Das verlangen die heute ja alle, und wenn Sie mich fragen, ist es die reinste Ausbeuterei. Schließlich weiß ich ja noch gar nicht, ob ich meinen Roman überhaupt für die Leinwand bearbeiten lassen will, bei dem Schund, der täglich produziert wird.« Ich nickte beeindruckt und sagte, daß ich diesen Aspekt der Angelegenheit noch gar nicht recht bedacht hätte, ihr für ihre diesbezüglichen Hinweise jedoch dankbar sei. »Man kann gar nicht vorsichtig genug sein, mein liebes Kind!« sagte Frida und drohte bedeutungsvoll mit dem Finger.

Die Unterhaltung um uns herum hatte sich inzwischen zu einem lebhaften Kaffeeklatsch entwickelt: Die Damen tauschten Strickmuster und Kochrezepte aus, Fotos von Enkelkindern wurden herumgereicht, und Hilla, eine Dame mit einem stahlgrauen, tief in die Stirn gekämmten Pony und einem stahlgrauen Blick unter demselben, blieb auf ihrer mehrmals in die Runde geworfenen Mitteilung, die Drogeriezeitung habe ihr Gedicht »In den Sommer hinein« gedruckt und sogar honoriert, wie auf einem Ladenhüter sitzen. Keine der Kolleginnen schien sich im mindesten dafür zu interessieren, obwohl Hilla strenggenommen als einzige einen Beitrag zu unserer Autoren-Arbeitstagung brachte. Ich hätte zu gern gewußt, wieviel ihr die Drogeriezeitung gezahlt hatte, wagte es aber nicht, sie danach zu fragen.

Plötzlich öffnete sich die Tür und Wolff-Rafael erschien, woraufhin die Unterhaltung augenblicklich erstarb und sich sämtliche Augen erwartungsfroh-verliebt auf ihn richteten.

Im sonstigen Leben mag Wolff-Rafael vielleicht nur ein mittelprächtig erhaltener Mittvierziger sein, aber hier, inmitten seines Dichterinnen-Vereins, umgab ihn doch ein gewisses Flair.

Wolff-Rafael trug zum Zeichen seines Künstlertums eine graumelierte Haarpracht, die ihm vorn die Stirn und hinten den Rükken wärmte, ließ sich von seinen Jüngerinnen herzen und küssen und wickelte dann die Geschenke aus, die ihm einige der Damen überreichten. Während er tapfer lächelnd die verschiedenen selbstfabrizierten Stroh-, Stoff- und Wollhündchen betrachtete, die ihn allesamt, wie die Spenderinnen eifrig beteuerten, bei was auch immer inspirieren sollten, bedauerte er, daß es ihm nicht gelungen sei, pünktlich zu erscheinen, da wichtige Gespräche mit der örtlichen Presse ihn länger als erwartet aufgehalten hätten. Deshalb wolle er jetzt rasch zur Sache kommen und Lästiges so schnell wie möglich abhaken, »damit wir es uns dann so richtig gemütlich machen können«. Bei seinen letzten Worten zwinkerte er vertraulich in die Runde, wobei ich mir die Frage stellte, auf welche Weise es sich ein Mann wie Wolff-Rafael wohl mit einer Kolonie betagter Krähen »gemütlich« machen möge. Zunächst einmal wurde er jedoch ernst (erst die Pflicht, dann das Vergnügen) und kam übergangslos zum einzigen Punkt der Tagesordnung: Der InAuBu benötige Geld! Doch dieser an sich traurigen Tatsache liege eine durchaus positive zugrunde: Das hauseigene Lektorat habe nämlich beschlossen, alle ihm zugesandten Manuskripte in voller Länge zu drucken. (Hier raschelten die Krähen erwartungsvoll mit dem Gefieder!) Nur sei es leider so, daß die *Cosmos Edition* nicht in der Lage sei, die erforderliche Druckerpresse zu erwerben. Dies sei nun um so bedauerlicher, da es sich, wie allseits bekannt, der InAuBu ja zur Aufgabe gemacht habe, endlich allen abgelehnten Autoren, »abgelehnt, aus Gründen, die wir ja bestens kennen« (hier erntete er vielsagendes Kopfnicken), zu jener Verbreitung zu verhelfen, welche ihnen bereits seit Jahrzehnten zustehe.

Kurz und gut und frank und frei: Er nehme jeden Betrag von zehn Mark aufwärts jetzt und hier an, und im übrigen sei den Anwesenden die Nummer des hierfür eingerichteten Spendenkontos ja bekannt. »Je höher der angewiesene Betrag, um so größer die Chance, das Werk rasch gedruckt zu sehen«, fügte er hinzu, »aber das versteht sich ja eigentlich von selbst!«

Die Damen begannen zu wispern, und Frida gestand mir flüsternd, daß sie nie geahnt habe, wie teuer so eine Druckerpresse sei. Sie habe Wolff-Rafael bereits im letzten Jahr einen Scheck über 5000 Mark zukommen lassen und zu Weihnachten noch mal einen über 2000, aber er habe nur müde gelächelt und gesagt, für dieses Taschengeld könne er gerade mal den Hebel finanzieren, der die Walzen in Schwung bringt. Hilla erzählte, sie habe auch schon 3000 gespendet, aber die Summe sei für die Veranstaltung in Bernsheim draufgegangen, die allerdings auch ganz besonders gut organisiert gewesen sei. »Ich habe auf allen drei Veranstaltungen aus meinem Kriegstagebuch vorlesen dürfen und bin in der örtlichen Presse erwähnt worden. Deshalb habe ich mich entschlossen, noch einmal 3000 zu spenden, denn der Erfolg in Bernsheim hat mir ja bewiesen, daß das Geld letztendlich nirgendwo besser angelegt ist!« flüsterte sie mir zu. Wolff-Rafael hatte uns kurz verlassen und kehrte nun mit umgehängter Gitarre zurück. Er ließ sich inmitten seiner Verehrerinnen nieder, lächelte gewinnend und räusperte sich. Dann hob er unverzüglich mit »Wir lagen vor Madagaskar« an, und es war deutlich erkennbar, daß die Damen die Vorstellung, zusammen mit Wolff-Rafael vor Madagaskar zu liegen, in dieselbe überhitzte Hysterie versetzte, wie die Vorstellung, ihr Werk »Rose ohne Dornen« durch den Nobelpreis gewürdigt zu sehen. Wolff-Rafael sang sämtliche Strophen und leitete dann zu den »Blauen Bergen« über, um uns anschließend »Schiff ahoi-hoi-hoi« mit »bunten Segeln in die Weite« zu entführen. Als er endlich eine Pause einlegte, um sich den Schweiß von der Stirn zu wischen, fiel mein Blick auf Meta, die sich den ganzen Abend am anderen Ende des Tisches angeregt unterhalten hatte. Ich suchte Blickkontakt mit ihr, aber sie hatte sich bei Wolff-Rafael untergehakt, strahlte ihn verliebt an und stimmte als erste in sein »Schwarzbraun ist die Haselnuß« ein. Nachdem auch dieses Lied verklungen war, nutzte ich die kurze Pause, um mich mit Müdigkeit zu entschuldigen, und ich hatte den Eindruck, daß niemand über meinen frühen Aufbruch enttäuscht war. Noch auf dem Flur hörte ich Wolff-Rafaels donnernd vorgetragenes »Auf, auf Kameraden, nicht schlappgemacht!« und dachte, daß er nicht allzusehr befürchten müsse, daß eine seiner Kameradinnen schlappmache. Als ich mir vom Portier den Zimmerschlüssel geben ließ, fragte ich ihn, ob er den InAuBu kenne und ob die Tagungen immer hier abgehalten würden. Er zwinkerte mir vertraulich zu und sagte: »Ach, die kommen viermal im Jahr, und ich finde die zum Brüllen komisch. Ich könnt' mich echt einpinkeln vor Lachen, wenn ich die nur von weitem sehe. Der Wolff-Rafael ist ja sonst 'n dufter Typ, aber irgend 'ne Macke hat der! Haben wir ja alle!« fügte er grinsend hinzu.

Wolff-Rafael scheint tatsächlich über versteckte Qualitäten zu verfügen, denn die Lesung gestern abend war recht gekonnt arrangiert. Sie fand im großen Saal des City-Hotels statt, und der Saal wurde so gut wie voll. Alle fünfzehn Damen hatten sich zur Lesung gemeldet, und Wolff-Rafael pries sie mit demselben Enthusiasmus in der Stimme an, den Thomas Gottschalk immer für seinen Extra-Gast parat hat. Kaum hörten die Damen ihren Namen, trippelten sie todesmutig vor, verbeugten sich und begannen, aus ihren Gedichten vorzulesen, wobei es nicht weiter schlimm schien, daß jede zweite Zeile nach dem Motto: »Reim dich oder ich zwing dich« zusammengestoppelt war. Wolff-Rafael schilderte anschließend mit bewegter Stimme die katastrophale Situation deutscher Lyrik-Dichter im ausgehenden zwanzigsten Jahrhundert, deren Niedergang zu stoppen sich jedoch er, Wolff-Rafael, zur Aufgabe gemacht habe. Sodann gruppierten sich alle im Rund, und die »Presse«, in Form eines verwegen aussehenden Trenchcoatfreaks, erschien und knipste einige Fotos. Die Damen standen anschließend für Interviews zur Verfügung, und der Trenchcoattyp fragte tatsächlich einige von ihnen nach ihrer Herkunft und dem Beweggrund, der sie zum Schreiben trieb, woraufhin sich die Damen dahingehend einigten, daß sie schrieben, seitdem sie den Bleistift halten konnten. »Nun hoffe ich ja nur, daß sie es auch ins Feuilleton bringen«, bemerkte Wolff-Rafael anschließend, »man kennt ja diese Redakteure!« Als ich wenig später aus dem Waschraum kam, erwischte ich ihn gerade noch dabei, wie er der »Presse« auf die Schulter klopfte und einen Geldschein in die Hand drückte.

Liebste Paula, ich glaube nicht, daß ich hier unter wirklich Geisteskranke geraten bin, aber es gibt in diesem Lande einen Markt für verirrte Seelen, die irgendwann in der Schulzeit von ihrem Lehrer (der nicht wußte, was er anrichtete) einen Aufsatz mit der Bemerkung: »Sehr schön, mein Kind, nur weiter so« zurückbekamen und seitdem von dem Wahn besessen sind, begnadete Schriftsteller zu sein. Noch den holprigsten Vers wie etwa »Auf meinem bunten Beete, blüht alles um die Wette« halten sie für geniale Dichtung, und niemand wird sie je von diesem Wahn abbringen. (Und ein Schlitzohr wie Wolff-Rafael wird sich tunlichst hüten, es zu versuchen!) So hat sich im ganzen gesehen mein Aufenthalt hier doch noch gelohnt, denn ich wußte bisher nicht, daß es so etwas gibt.

Paulinchen, ich hoffe, daß Du mein hastiges Gekritzel überhaupt lesen kannst! Ich muß Schluß machen, denn Meta wird jeden Augenblick zurückkommen, und ich möchte nicht, daß sie besagtes Gekritzel sieht und ihrerseits in mir eine verirrte Dichterseele entdeckt, und zwar eine von der gefürchteten Sorte, »die die Tinte nicht halten kann«. Aber in Anbetracht meiner jüngsten Erlebnisse war es mir unmöglich, die Tinte zu halten.

Ich fragte Meta gestern abend ganz vertraulich, ob sie sich in diesem Kreis eigentlich wohl fühle, und sie reagierte äußerst empfindlich und sagte, auf hohem Roß hätte manch eine der Anwesenden einmal gesessen, die heute froh sei, daß Wolff-Rafael es ihr ermögliche, ihr Werk der Öffentlichkeit vorzustellen. Und zwar aus dem einfachen Grunde, weil es sonst niemand täte!!! »Du wirst noch an meine Worte denken«, fügte sie unheilverkündend hinzu.

Bei Gott, das werde ich, vor allem wenn ich demnächst ganz bescheiden und zufrieden mit Benno zur Mitgliederversammlung seiner Tennisfreaks dackeln werde. Wenigstens ist nicht zu befürchten, daß sie ihre Vereinssatzung in Reime zwingen und gnadenlos und stundenlang daraus vorlesen. »Auf, auf Kameraden, nicht schlappgemacht« werden sie meiner Erfahrung nach auch nicht singen, wobei mir wieder Wolff-Rafael einfällt – und Meta! Paula, ich glaube, Meta ist in Wolff-Rafael verliebt! Ich wagte nicht, sie zu fragen, wieviel *sie* bereits für die legendäre Druckerpresse bezahlt hat. Oh, rettet ihre arme Seele!

Die meine unversehrt zurück nach Hause tragend und die Muse mitsamt ihren klebrigen Küssen am Tagungsort zurücklassend, grüßt Dich vom »hohen Roß herab«,

Deine Lisbeth

15. September

Liebe Paula,
heute habe ich die Küche von Grund auf saubergemacht, das heißt, ich bin sogar auf den Ofen geklettert, um mir die Dunstabzugshaube vorzunehmen, und später habe ich die Besteckkästen von Brotkrümeln und die Topfbretter von Fettkringeln befreit...

Irgendwie dürstete es mich nach der InAuBu-Tagung danach,

etwas Praktisches, Sichtbares und Nützliches zu tun… etwas, dessen Sinn klar erkennbar ist!

Die »Tagung« hatte übrigens noch ein Nachspiel. Zunächst einmal bekam ich Post von mehreren »Krähen«, die sich verspätet freuten, mich in ihrem Bund begrüßt haben zu dürfen, und mich persönlich zum Gedankenaustausch zu sich nach Hause einluden. Hilla schickte mir die signierte Drogeriezeitung mit dem Gedicht: »In den Sommer hinein« und Marliese ein rührendes selbstfabriziertes Büchlein, das sie nach der zweihundertsten Absage voller Verzweiflung hergestellt hatte. Die immer wieder zunichte gemachte Hoffnung, sich endlich gedruckt zu sehen, hatte sie dazu getrieben, ihr eigener Verleger zu werden und das »Marliese Backs Lesebuch« herauszugeben. Das mit Bindfaden zusammengeheftete Bändchen umschließt sämtliche Träume, denen Marliese sich seit zwanzig Jahren hingegeben hat. Es trägt bezeichnenderweise den Titel »Hoffen und Wagen« und auf dem Umschlag ein Foto, von welchem Marliese dem geneigten Leser in Denkerpose entgegenblickt.

Auf der Innenseite gibt es ein handgeschriebenes Impressum mit ISBN-Nummer und dem strengen Hinweis, daß alle Rechte dem Marliese Backs Verlag vorbehalten seien, insbesondere das Recht der Übersetzung und Verfilmung, letzteres für den Fall, daß ein Produzent auf die vermessene Idee kommen sollte, Marlieses Gedichte heimlich zu verfilmen. Auf den folgenden Seiten gibt sich Marliese zunächst biographisch, indem sie unter dem Motto »Aus dem privaten Familienalbum« Einblicke in dasselbe gewährt. Man sieht Marliese im Alter von zwei, zehn, zwanzig und fünfundvierzig Jahren unter genauer Bezeichnung des Ortes und des Anlasses, zu dem die historisch wertvollen Bilder aufgenommen wurden.

»Marliese Backs zehnjährig an der Hand ihres Onkels Heinrich Backs, Vorsitzender des Turnvereins ›Rumpfbeuge‹. Im Hintergrund die Pestalozzi-Schule, welche Marliese von ihrem sechsten bis zu ihrem zehnten Lebensjahr besuchte. Links der alte Dorfbrunnen, der später der Verbreiterung der Marktstraße zum Opfer fiel.«

Sodann folgt auf zehn Seiten das Lyrikgesamtwerk, bis man ganz hinten auf die »Zeittafel« stößt, welche interessante Einblicke in das geheime Leben und Werk der Dichterin gewährt:

1982: Marliese macht eine Europareise. Ihr Roman »Finsternis« wird publiziert. Die Startauflage von 500000 Exemplaren ist innerhalb weniger Tage vergriffen.

1983: »Finsternis« wird ins Spanische, Italienische, Englische und Französische übersetzt. Marliese fährt zur Premiere der Verfilmung ihres Romans »Lebensstürme« nach Amerika. Heiratsantrag von Bob Tholder, ihrem amerikanischen Produzenten. Marliese bittet um Bedenkzeit.

1984: Marliese trifft sich mit ihrem französischen Verleger in Paris. Lesereise durch Westeuropa. »Finsternis« wird in England und Frankreich verfilmt.

1985: Marliese stellt ihren ersten Lyrikband »Hoffen und Wagen« vor, der von der Presse enthusiastisch gefeiert wird. Sie verbringt den Sommer im Haus ihrer spanischen Verlegerin Rachel Huoidas.

1986: Françoise Gulliart, eine Pariser Journalistin, schreibt ein Buch über Marlieses Werk und Leben.

Und so weiter, und so weiter...

Beachtenswert fand ich, daß Marliese kein einziges Jahr des lükkenlosen Lebensberichtes mit dem faden Hinweis ausfüllt: »Keine besonderen Vorkommnisse. Marliese sitzt in ihrem Arbeitszimmer und tippt sich die Finger wund.«

Ich blätterte das Büchlein durch und schrieb Marliese ein paar lobende Zeilen, wobei ich betonte, daß mich ihr Buch keine Minute gelangweilt habe, was schließlich nicht gelogen war.

Dummerweise erzählte ich Meta davon, die abends anrief, um mir zu erzählen, daß der Redakteur der Regionalzeitung, mit dem Wolff-Rafael schon des öfteren Schwierigkeiten hatte, den Artikel über die Dichterlesung wieder (!) nicht ins Blatt genommen habe! Dafür sei jedoch – typisch!!! – das Fußballspiel des örtlichen Kikkervereins mit einem Dreispalter gewürdigt worden. Es sei nicht zu fassen, über welche Macht dieser Redakteur verfüge und wie gnadenlos er sie ausspiele.

Auf meine Bemerkung bezüglich »Hoffen und Wagen« sagte

sie, ich solle mich bitte nicht über die arme Marliese lustig machen, sie sei vielleicht nicht gerade eine von den ganz Begabten, aber sie glaube an sich, und das sei das Allerwichtigste. Zudem sei sie bereits dreimal in der Literaturzeitschrift »Säulen« gedruckt worden, jener Hauszeitschrift, die der InAuBu herausgebe und die eine beachtliche Auflage habe, denn alle dreihundertfünfzig Mitglieder hätten sie abonniert. Frauenliteratur, wie ich sie verfasse, das müsse sie mir bei dieser Gelegenheit einmal sagen, sei übrigens im InAuBu nicht sonderlich anerkannt, aber man sei tolerant genug, auch Autorinnen wie mich aufzunehmen. In »Säulen« würden meine Sachen aber bestimmt nie abgedruckt werden, es sei denn, ich würde mein Genre auf Gedichte oder kleine besinnliche Geschichten erweitern.

»Trotzdem hoffe ich, daß du Mitglied wirst und wir dich beim nächsten Treffen offiziell begrüßen können. Du kommst dann auch in die Liste«, fügte sie wichtig hinzu.

Ich legte nachdenklich den Hörer auf und dachte, daß mich die Tatsache, vielleicht niemals in »Säulen« gedruckt zu werden, nicht allzusehr schmerzt, vor allem, wenn ich mir die Höhe des Honorars vorstelle, das Wolff-Rafael wahrscheinlich für diese Leistung fordert.

Eine Woche später
Habe mich inzwischen einem richtig schönen, nostalgischen Hausputz hingegeben und den Speicher entrümpelt und fühle mich tüchtig, erfrischt und gebraucht.

Sonntag lud ich Änne und Mary ins strahlend gewienerte Haus zum Kaffee ein, wo ich ihnen selbstgebackenen Streuselkuchen anbot, den sie sich mit den auf Hochglanz geputzten Silbergäbelchen zu Gemüte führten. Mary fragte sofort nach dem Dichtertreffen, und ich möchte wetten, daß sie sich die detaillierte Schilderung der Garderobe von Frau Konsalik erhoffte, aber ich verhielt mich einsilbig und deutete nur auf ein Probeexemplar von »Säulen«, das gerade gekommen war. Das Heft ist gut und teuer aufgemacht, nur daß leider der Wert des Papiers und der Wert des literarischen Inhalts nicht ganz übereinstimmen. Marliese Backs war mit einem ihrer Gedichte aus dem »Marliese Backs Lesebuch«

vertreten (mit freundlicher Genehmigung der Autorin) und hatte überdies einen Artikel über das Treffen geschrieben. Sie schilderte mit bewegten Worten die große Wiedersehensfreude, die all die lieben alten Freunde ergriffen hatte, welche auf »Pegasus' Schwingen« aus allen Himmelsrichtungen herbeigeflogen waren, um miteinander zu diskutieren, Erfahrungen auszutauschen, sich gegenseitig die jüngsten Veröffentlichungen vorzustellen »oder ganz einfach miteinander zu plaudern«.

Sodann behauptete sie, daß die Lesungen und die Matinee wieder ein geradezu überwältigender Erfolg gewesen seien, »den wir nicht zuletzt der niemals ermüdenden Energie unseres Wolff-Rafael zu verdanken haben«.

Unter der Rubrik »Aus dem privaten Schatzkästlein« war Marliese nochmals vertreten und gewährte wieder einmal Einblicke in ihr geheimes Traumleben:

»Das ist alle Jahre wieder so, daß die laute Welt draußen ihren Tribut fordert, daß man sich nicht länger verweigern kann, sondern mutig hinaustritt ins grelle Licht der Öffentlichkeit: Am 6. September fuhr ich zu unserem 15. Dichtertreffen!

Als ich die Hotelhalle betrat, zögernd noch, tappend, des gewöhnlichen Lebens durch monatelange, versunkene Arbeit an meinem Romanzyklus ›Dämmerungen‹ ein wenig entwöhnt, eilte mir Helmecke, der Portier, bereits entgegen. Der gute Alte hatte Tränen der Rührung in den Augen, und ehe ich es verhindern konnte, ergriff er meine Hand und küßte sie. Ich entzog sie ihm sanft (so etwas ist mir immer peinlich) und fragte ihn nach seinem Wohlergehen. Er hatte am Abend zuvor ›Hoffen und Wagen‹ gelesen, und wenn der einfache Mann seine Ergriffenheit auch nicht in Worte zu kleiden vermochte, so verrieten mir seine Augen doch mehr als jene hohlen Phrasen, mit denen die Journalisten gewöhnlich ihre Literaturspalten füllen.«

Ich las diese Zeilen »aus guter alter Zeit« und dachte, daß sich Helmecke sicher gravierend von jenem Kollegen unterschied, der sich, wie er mir anvertraut hatte, beim Anblick der Dichterinnen vor Lachen einzupinkeln pflegt. Auf Änne hatte der Artikel jedoch die gewünschte Wirkung, und wenn auch keine der großen Berühmtheiten, die zwecks Erfahrungsaustausch zum Treffen erschienen waren, erwähnt wurde (Herausstellungen dieser Art sind Marliese sicher peinlich), so imponierten ihr die Gunstbezeugungen des alten Helmecke doch sehr. »Ich war auf Mallorca jetzt zum sechstenmal im Don Juan«, erzählte sie grämlich, »aber ihr müßt nicht denken, daß ich in den Augen des Portiers auch nur den Schatten eines Wiedererkennens entdecken konnte, von irgendwelchen Handküssen ganz zu schweigen.«

»Schriftsteller sind halt doch etwas Besonderes«, resümierte Mary, wie mir schien, ein wenig wehmütig, und ich lächelte sie gewinnend an und bestätigte, daß sie mit dieser Aussage unbedingt recht habe. (Das ist ja gerade der Wahn!)

Mensch, Pauline, auf welch absonderliche Bahnen hast Du mich da getrieben? Ich fühlte mich schon als Hausfrau verdammt gestrig, aber als Schriftstellerin komme ich mir vor wie das reinste Fossil.

Tintentränen weinend (Ausdruck von Marliese),

Lisbeth

Ende September, Erntedankfest

Liebe Paula,
von *frau & press* habe ich seit längerer Zeit nichts mehr gehört, und irgendwie erscheint mir das Ganze unwirklicher als je zuvor. Glaub mir, ich würde mich gar nicht grämen, wenn ich überhaupt nie wieder etwas von ihnen hörte und hier am Heckenweg an Bennos Seite einfach so weiter vor mich hinleben und still mein Alter erwarten könnte. (Nein, nicht »stillvergnügt«, das wäre nun auch wieder übertrieben! Ich meine »still« eher im Sinne von unbeachtet.) Meine augenblicklichen Depressionen hängen mit einem Besuch bei Fritzi Mitschke zusammen, einer Schriftstellerin, die mir von Meta vorgestellt wurde. Wahrscheinlich hegte Meta die Hoffnung, daß Fritzi mich von meinem hohen Roß herunterholen würde, von dessen Höhe ich den Krähenverein (und Wolff-Rafael) angeblich in ungebührlicher Arroganz betrachtet haben soll.

Fritzi ist eine »richtige Autorin«, die (ohne zu wissen, was sie tat) ihre wirklich guten Romane einem Großverlag anvertraute (was Meta absolut nicht verstehen kann) und die heute, als direkte Folge dieser Unachtsamkeit, am Hungertuch nagt.

Fritzi hat fünf Bücher geschrieben, keines unter dreihundert Seiten stark, die als Taschenbuch zu einem Preis von 8 Mark 90 erschienen und »recht gut« gelaufen sind. »Recht gut« heißt, daß die Startauflage von 4000 Exemplaren im Laufe der Zeit so nach und nach verkauft wurde, es jedoch keine Neuauflage gab, mit Ausnahme eines einzigen Buches, das sie als ihren »Erfolgstitel« bezeichnet und von dem 8300 Exemplare abgesetzt wurden. Vom Ladenpreis hat sie 5 % bekommen, die sie natürlich noch versteuern muß, und summa summarum ist ein Gehalt dabei herausgekommen, das weit niedriger ist als jenes Gehalt, das sie bekommen hätte, wenn sie die Manuskripte eines anderen Autors abgetippt hätte. Sie sei ein ganz normaler Fall, sagte Fritzi, die trotzdem vom Dichten nicht lassen will, weil sie wahrscheinlich ohne die Therapie des Schreibens den Frust nicht ertrüge, den ihr das Schriftstellerleben bereitet. Sie holte ihre Bücher aus dem Regal und zeigte sie mir, und ich schlug sie so auf und sah die vielen, vielen Wörter und stellte mir vor, wie Fritzi sie alle mit zwei Fingern in die Maschine getippt und korrigiert und umgeschrieben und wieder korrigiert hatte... bis sie dann endlich, zwischen zwei unscheinbare Pappdeckelchen gepreßt, in den Taschenbuchdrehständern vergilbten...

Auf dem Heimweg überlegte ich mir, daß doch eigentlich alle Traumberufe früherer Jahre stark an Flair eingebüßt haben: der Beruf der Stewardeß und der der Modezeichnerin beispielsweise. Auch das Filmsternchen ist nicht mehr das, was es einmal war, und sogar die Fernsehansagerin hat an Image verloren. Bloß der Beruf des Schriftstellers hat sich seinen Glanz erhalten können, und das, obwohl uns die Buchmesse Jahr für Jahr beweist, daß es offensichtlich mehr Leute gibt, die schreiben, als Leute, die fähig sind, das Geschriebene auch zu lesen, so daß der Ruhm eigentlich dem Leser und nicht dem Schreiberling zuteil werden müßte. Mal ganz abgesehen von jenen Stimmen, die energisch den baldigen Tod des Buches voraussagen.

Benno sagt den Tod des Buches ganz besonders energisch voraus, vor allem jenen Buches, das sich mit Familienbriefen »oder was du dir da auch immer zusammengereimt hast« beschäftigt: »Denn wer soll sich schon für so was interessieren?«

Er näherte sich mir gestern abend, als ich nachdenklich auf dem Sofa saß und meine düsteren Gedanken in einen Ringelpulli für Lil einstrickte, und las mir einen »Buchreport« vor, der zur Buchmesse erschienen war.

»Auch in diesem Jahr«, dozierte er, »haben wir wieder eine Flut von 70000 Neuerscheinungen, kannst du dir das überhaupt vorstellen? *Siebzigtausend*!!!«

Auf den Wahn hin angesprochen, daß Schriftsteller etwas Besonderes seien, jenen Wahn, dem sich der Krähenverein zum Beispiel hingibt (und den ein Typ wie Wolff-Rafael schamlos ausnutzt), hatte er zu bemerken, daß ein Beruf, in dem offensichtlich jeder zu Wort komme, der das Abc beherrsche, so grandios doch wohl nicht sein könne.

»Aber vielleicht«, sinnierte er weiter, während ich verbissen mit den Stricknadeln klapperte, »sehen die Schlitzohren das gerade anders herum. Vielleicht sagen sie sich: Bei Hunderttausenden von lieferbaren Titeln, darunter so Sachen wie ›Walter, verpiß dich‹ und ›Elfi füttert Eichhörnchen‹, ist es einfach nicht einzusehen, warum sich nicht auch für meinen Mist ein Verleger finden soll, wo sie doch offensichtlich bereit sind, jeden Schwachsinn zu drukken. Fragt sich nur«, er lachte hämisch, »ob sich der Schwachsinn dann auch verkauft.«

»Wahrscheinlich nicht«, sagte ich schwach. »Und jetzt sei endlich mal still, ich muß Maschen zählen!«

Nun, auch ohne Bennos »Buchreport« ist mir inzwischen klargeworden, daß ein Buch herauszubringen und auf einen Gewinn zu hoffen, mit dessen Hilfe man seinen Lebensunterhalt bestreiten kann, ebenso viel Sinn hat wie die Hoffnung, seinen Lebensunterhalt mit Hilfe regelmäßiger Lottogewinne bestreiten zu können, wobei zu bedenken ist, daß das Ausfüllen von hundert Lottozetteln immer noch mit weniger Mühe verbunden ist als das Schreiben eines einzigen Buches.

Jedenfalls, schloß Benno seinen Vortrag, hoffe er mir mit Hilfe unumstößlicher Fakten die Augen geöffnet und gleichzeitig jeglichen Größenwahn im Keime erstickt zu haben, damit er sich nicht etwa ausbreiten und Not und Elend über unser kleines Glück bringen werde. Für meine Familiengeschichten, da sei er ganz sicher, sei jedenfalls – wenn überhaupt! – nur ein winzig kleiner Markt vorhanden. Es sei in meinem eigenen Interesse, mir das ganz realistisch klarzumachen.

»Verflucht noch mal, das tu ich ja!!!« schrie ich ihn an.

Mein Gott, Paula, ich bin doch noch gar nicht dazu gekommen, auf irgendein Roß zu steigen, und mangels Übung wird es mir wohl auch kaum je gelingen, und doch ist meine Umwelt bereits eifrig bestrebt, mich von selbigem herunterzuholen.

Meta sagte übrigens, mit dem ersten Honorar könne ich frühestens neun Monate nach Erscheinen meines Werkes rechnen. Und wenn ich den besagten Umschlag mit dem Scheck dann öffnete, sollte ich mich vorsichtshalber erst mal setzen, damit ich später beim Anblick der Summe nicht umfiele. »Vor Schreck, nicht vor Freude!« glaubte sie erklärend hinzufügen zu müssen.

Tschüs, Pauline, ich muß einkaufen gehen. An der Ecke Wiesenstraße ist ein neuer Aldiladen eröffnet worden!

Deine Lisbeth

8. Oktober

Liebste Paula,

ach, es ist doch immer gut, wenn man auf seinem ersten Gang nach Kanossa von einem echten Profi begleitet wird ... einem, der tröstlich Mut zuspricht, an dessen Jackenärmel man sich festkrallen kann und der, was am allerwichtigsten ist, Kanossa wie seine Westentasche kennt. Ja, Paulinchen, ohne Deinen fachfraulichen Beistand hätte ich mein Debüt auf der Frankfurter Buchmesse mit Sicherheit nicht überstanden! Ich wäre bereits auf der Suche nach Halle 6 / Gang F vom Wege abgekommen und bestenfalls in einem der gemütlichen Sessel im italienischen Pavillon gestrandet (die lockere Gruppierung rief tröstliche Assoziationen an mein heimatliches Wohnzimmer wach), wo ich verzweifelt gewartet hätte, daß mir irgendwann eine mütterlich wirkende Reinemachfrau (sprich Kollegin) den Weg »hinaus« gewiesen und mich (darauf hätte ich bestanden!!!) bis zum Hauptbahnhof begleitet hätte ...

Im Ernst, auf der entmutigenden Suche nach dem richtigen Eingang, der richtigen Halle, dem richtigen Gang wäre ich ohne Deinen Beistand mit Sicherheit total verzweifelt!

Wenn man mich ließe, würde ich ein Gesetz erlassen, das alle Nurhausfrauen vom ersten Ehejahr an zwingt, in regelmäßigen Abständen eine Woche »in der Welt da draußen« allein zu überleben. Ich würde ihnen eine Art Härtetest verordnen, der einfach unerläßlich ist, wenn sie nicht mit der Zeit alle an Klaustrophilie erkranken wollen, jener Krankheit, die sich bei Hausfrauen dahingehend äußert, daß sie jeden Weg, der *keinen* Kindergarten, Gymnastiksaal und / oder Supermarkt zum Ziel hat, als unüberwindlich ansehen. Manche erweitern ihren Radius noch bis zum Tennisplatz oder zur Jugendmusikschule, aber das sind schon Einzelfälle. Man sollte alle Hausfrauen zwingen, jährlich einmal allein einen Tag in einem großen Hotel, in Flug- und Messehallen und in einer ausländischen Großstadt zu überstehen, wobei sie Problembewältigung außerhalb ihres eigenen Hauses trainieren und Listen abhaken müßten mit Aufgaben wie:

- Finden Sie innerhalb von 20 Minuten die Abflughalle eines Flughafens Ihrer Wahl.

  Was müssen Sie tun,
- wenn Sie ohne den Beistand Ihres Ehemannes oder von »Globus-Reisen« nach Buenos Aires fliegen wollen?
- wenn Sie unterwegs: Ihre Handtasche, Ihren Ausweis, Ihre Scheckkarten, Ihre Identität verloren haben?
- wenn Sie sich plötzlich nicht mehr an Ihren Namen erinnern?
- wenn Sie aufs Klo müssen, obwohl Sie sich gerade auf einem öffentlichen Platz in Venedig und *nicht* in der Nähe Ihres eigenen Klos befinden?

Unter uns, Pauline, es ist unglaublich peinlich, an Orientierungsschwäche zu leiden (es rückt einen in die direkte Nähe von Geisteskranken), aber ich versichere Dir, daß *jeder* darunter leidet, der mehr als zwanzig Jahre lang die obengenannten Härtetests *nicht* absolviert hat. Die meisten Hausfrauen wollen es nur nicht zugeben und versuchen ihre Umwelt mit Bemerkungen wie: »Ach, ich hab' gar keine Lust zu verreisen« oder »Zu Hause ist's am schönsten!« über ihren wahren Zustand hinwegzutäuschen.

Mit Ausnahme jener listigen Sorte, die da verkündet: »Gottlob hab' ich's gar nicht nötig, allein zu verreisen«, oder jener gut trainierten Selbstverleugnerinnen, die gar behaupten, daß ihnen *jegliche* Reise ohne ihren Rudi gar keinen Spaß mache... wobei sie in Wahrheit nicht ihren Rudi, sondern das Steuer meinen, das Rudi dann in die Hand nimmt. Dummerweise nimmt Rudi das Steuer wenig später auch beim gemeinschaftlichen Betrachten der Speisekarte im »Weißen Roß« in die Hand und erwartet, daß man sich seinen Eßbedürfnissen preislich anpaßt (zweimal Sülze mit Bratkartoffeln), aber in diesen Opferstock zahlt man gern, wenn man dafür die gräßliche Hürde »allein ein Restaurant betreten und den Ober herbeiwinken müssen« umgehen kann.

Mir wurde auf meinem Messebesuch in Frankfurt auf jeden Fall zum erstenmal so richtig bewußt, wie schlimm es in Sachen Klaustrophilie mit mir schon steht, wie unzureichend der Übungspfad zwischen Bett, Herd, Eßtisch und Glotze ist und wie relativ gering die Gefahr, sich darauf zu verirren (eine Gefahr, die zudem im Laufe von fünfundzwanzig Jahren ständig abnimmt). O Pauline, was Benno mit mir betrieben hat, war wirklich Käfighaltung, und mir wurde mit einigem Entsetzen bewußt, daß ich bereits an jenem Punkt angelangt bin, an dem man sich in seinen Käfig zurückwünscht, und zwar aus dem alleinigen Grund, weil es einfach sehr tröstlich ist, des Morgens beim Aufstehen zu wissen, daß man den Weg ins Bad auf Anhieb und *ohne fremde Hilfe* finden wird.

Liebe Freundin, ohne Deine Hilfe hätte ich den Weg zu Halle 6/Gang F auf jeden Fall *nicht* gefunden, und ich fand es sehr nett von der *frau & press*-Dame, mir zu versichern, das gehe jedem so, der zum erstenmal zur Messe komme... womit sie meinem angeknacksten Selbstbewußtsein auf subtile Art wieder auf die Sprünge half. Ich glaube, so was nannte man früher Autorenpflege...

Du siehst an alledem, daß ich das Abenteuer, mich in Frankfurt und auf dem Messegelände irgendwie zurechtfinden zu müssen, bei weitem aufregender fand als das Abenteuer, mein erstes Buch *Briefe einer verhinderten Emanze* zum erstenmal gedruckt in der Hand zu halten. Ich muß gestehen, daß mich beim Anblick desselben ausschließlich das Gefühl bewegte, daß das Büchlein seinerseits irgendeinen besonderen Schutz brauche und anderenfalls mit Sicherheit im Gedränge verlorengehen werde, ein Gefühl, das, wie die Lektorin von *frau & press* lachend versicherte, eine gewisse Berechtigung hat. Nein, Paula, auch wenn Du der Meinung bist, daß die Höhe der Startauflage einiges aussagt (und einiges versprechen läßt!?), kann ich mich diesbezüglich (und so schwer es auch fällt) nur Bennos Meinung anschließen: Die Briefe werden kein Erfolg werden, es sei denn, daß man ihren genauen Standort in den Regalen der Buchhändler durch zuckende Neonpfeile kenntlich macht, und es scheint mir doch fraglich, ob die Buchhändler das Buch als so »wichtig« ansehen, daß sie eine Extrawerbung dieser Art investieren werden...

Nun, das Glück, das mich bewegte, als ich schließlich müde und total ausgelaugt wieder an meinem kleinen »provinzigen« Bahnhof landete und wenig später das traute Lämpchen über unserer Tür am Heckenweg leuchten sah, war jedenfalls das echte Glück eines Abenteurers, der nach gewonnener Schlacht unversehrt nach Hause zurückkehrt. Mein »Ausflug« war übrigens in doppelter Hinsicht gefährlich, denn als ich mir wenig später ein schönes heißes Bad einließ, kam mir mein so oft geschmähtes »häusliches Glück« alles andere als schmähenswert vor, und ich war von »zu Hause ist's am schönsten« und sogar von »Nie wieder ohne Benno!« nicht sehr weit entfernt. (Das bleibt jetzt aber unter uns, ja?)

Am selben Tag waren übrigens die Freiexemplare angekommen, und ich verteilte sie großzügig an die Mitglieder der Familie, die sie inzwischen gelesen und »ganz lustig« gefunden haben. Wiedererkannt hat sich übrigens keiner, nur Mary rief an und bedankte sich, daß ich ihre Studioeinrichtung so ausführlich gewürdigt hätte. Sie fand's nur schade, daß ich ausgerechnet ihre bildschöne Einrichtung einer so blöden Zicke wie dieser Lady aus »Emärrikä« untergeschoben habe. Die hätte so ein schickes Studio gar nicht verdient. Lustig findet sie dagegen, daß die Hausfrau, die schließlich ein eigenes Haus ihr eigen nennt, der Zicke aus »Emärrikä« ein relativ kleines Studio und sogar so etwas Simples wie eine Récamière neidet! »Vielleicht wird dein Buchhonorar ja hoch genug sein, etwas Ähnliches anzuschaffen«, setzte sie tröstend hinzu. Ich bin eigentlich ziemlich sicher, daß das Geld für den Kauf einer Récamière reichen wird, als viel problematischer erweist sich die Frage, wo ich sie in unserem vollgestopften Haus aufstellen soll. Ich glaube nicht, daß Benno sein geliebtes Noppensofa dafür eintauschen wird...

Eine Woche später
Vergaß, den Brief rechtzeitig zur Post zu bringen, denn ich erhielt einen Anruf von *frau & press*. Man sagte mir, daß der Verkauf ungewöhnlich gut sei, einige »recht ordentliche« Rezensionen hätten sie auch, und jetzt ergebe sich die Frage, ob ich nicht Lust hätte, eine Lesereise zu unternehmen, um mein Buch vorzustellen...

Etliche Anfragen von Buchhändlern lägen bereits vor, und auch die Büchereien und Volkshochschulen und zwei organisierte Frauengruppen hätten Interesse gezeigt. Sie könnten mir aus all den Angeboten eine interessante und abwechslungsreiche Reise für den November zusammenstellen, und den Rest könnte ich dann im Frühjahr absolvieren. Was ich davon hielte?

Ja, wenn ich das wüßte!!!

Das »Für und Wider« rumort mir im Kopf herum, während ich meinen häuslichen Pflichten nachgehe, die mir mit einemmal gar nicht mehr so widerlich wie sonst, sondern wichtig und gemütlich zugleich erscheinen, und während ich in meinem traulich beleuchteten Haus den Sauger über meinen pflegeleichten Teppichboden schiebe, stelle ich mir vor, wie ich zur gleichen Stunde im Novembernieselregen in – beispielsweise – Gretten ankomme und meinen Koffer ins »Goldene Huhn« schleppe, wo ich dann, hingegossen auf mein hartes Hotelbett und vertieft in das an der gegenüberliegenden Wand angenagelte Ölgemälde, meinem abendlichen Auftritt entgegenbibbern darf. Mal ganz abgesehen von dem Problem, Gretten und das »Goldene Huhn« ohne jeglichen Beistand finden zu müssen!!!

Glaubst Du, daß die Buchhändler mich hier am Heckenweg abholen würden?

Nun, jedenfalls werde ich rank und schlank wie seit zwanzig Jahren nicht mehr aus diesem Abenteuer hervorgehen, denn ich spüre bereits jetzt bei dem bloßen Gedanken daran, wie die Pfunde schmelzen. Kombiniertes Herz- und Magenflattern muß unheimlich viel Kalorien kosten...

Mit dennoch stolz erhobenem Kinn (und weichen Kniekehlen),

Deine Lisbeth

PS: Benno I hat sich mit gerunzelter Stirn und sichtlicher Anstrengung durch die ersten zwanzig Seiten meines Buches gequält und die weitere Lektüre dann auf den Urlaub, »wenn ich Zeit und Ruhe für so was habe«, vertagt.

Er empfand mein Werk als »wohl recht lustig, aber doch auch irgendwie anstrengend zu lesen«.

Ich denke, die Lektüre jeglicher Belletristik strengt ihn ebenso an wie mich die Lektüre der Börsenberichte, welche er seinerseits mit Leichtigkeit überfliegt.

Wenn ich's nicht schon vorher gewußt hätte: uns trennen Welten!!!

Ende Oktober

Liebe Paula,
also gut, ich fahre!

Geplant sind eine längere Tour in den Norden, eine in den Süden und ein paar Einzellesungen hier und dort.

Ich werde praktisch den ganzen November lang auf Reisen sein, mit Kurzrast zu Hause (zwischen »Norden« und »Süden«), um dann nach vollbrachter Tat und hoffentlich glücklicher Heimkehr stillverklärt vor meinem heimischen Tannenbaum zu landen. Ich weiß schon jetzt: Das werden die glücklichsten Weihnachten meines Lebens! Benno hat erstaunlicherweise nichts gegen meine Lesereise einzuwenden, nachdem er vernommen hat, daß die Sache Geld einbringt. »Und du bist sicher, daß sie dir etwas dafür *zahlen*?« vergewisserte er sich mindestens fünfmal, die Raubtieraugen beutelüstern zu Schlitzen verengt. Dann zog er sich lange und mit gerunzelter Stirn in jenes abgrundtiefe Schweigen zurück, in das er sich zurückzuziehen pflegt, wenn es in seinem Inneren a) arbeitet,

b) rechnet. (»Bei 365 Tagen im Jahr, Feiertage abgerechnet – sagen wir mal rund 250 Lesungen, Beköstigung abgerechnet, nicht erstattete Benzinkosten wegen Verfahrens und sonstiger Umwege – sagen wir mal rund tausend Mark – abgerechnet, ergibt immerhin noch einen Schnitt von… gut angelegt auf zwanzig, vielleicht sogar auf fünfundzwanzig Jahre…«) Er muß zu einem befriedigenden Ergebnis gekommen sein, denn schließlich hob er den Blick und *lächelte mich an.* Für ihn ergaben sich überraschenderweise ganz neue Möglichkeiten, seine Frau loszuwerden, *ohne* zahlen zu müssen, ja, sie loszuwerden und zusätzlich noch klotzig daran zu verdienen! Wem gelingt das schon, ich meine, heutzutage?

Als direkte Folge dieser Überlegungen bot er mir dann seinen Wagen an, falls es mir zu beschwerlich sei, mit der Bahn zu fahren und dann »immer den schweren Koffer schleppen zu müssen, und das bei deinem kaputten Rücken…«, und wie er zu Hause zurechtkomme, darüber solle ich mir bloß keine Sorgen machen!!!

Nun, etwaige Sorgen, wie er zurechtkomme, derweil ich meinen Koffer von Brüllstropp nach Gülleshausen schleppe (meine diesbezüglichen Sorgen hielten sich ohnehin in Grenzen), erwiesen sich als unbegründet. Änne zeigte sich bereit, Haushalt, Blumen- und Bennopflege zu übernehmen (gern!!! wie sie betonte), und selbst Mary (!) bot ihre Hilfe an. Sollte in die fragliche Zeit irgendeine wichtige Einladung fallen (die Dinnerparty für Graßmanns beispielsweise), wird sie selbstverständlich kommen und die »Düsseldorf hat ja in Sachen Mode leider so nachgelassen«-Konversation führen.

Glaub mir, Paula, ich kann mich einfach nicht genug darüber wundern, wie präzise dieser Mechanismus immer wieder funktioniert. »Hört mal, ich begebe mich auf eine Lesereise«, sage ich und ernte ein verblüfftes Schweigen, das ich blödes Luder mit eitelzufriedenem Lächeln in den Mundwinkeln registriere, einige »Ahs und Ohs« zum Zeichen der Ver- oder gar Bewunderung erwartend. »Und wer versorgt Benno?« kommt es statt dessen mit sehr besorgtem Unterton.

Aber lassen wir diese spießbürgerlich-mißgünstigen Blicke in graue Vergangenheiten und schauen wir lieber in die (rosige?) Zukunft. Ich verbrachte mehrere Stunden im abgeschlossenen Schlafzimmer (damit mich auch bestimmt niemand in meinen wichtigen Gedankengängen störe) und vertiefte mich in die Reiseroute, und zwar sowohl in die mit der Bahn als auch in die mit dem Auto, wobei ich leider feststellen mußte, daß ich eigentlich weder Bahn- noch Autobahn-tüchtig bin. Meine regelmäßigen Supermarktfahrten am Samstagmorgen mit dem von Firma Benno geleasten Wagen haben mich auf die Strecke Hamburg–München irgendwie nicht richtig vorbereitet (ehrlich gesagt, nicht mal auf die Strecke Hattersheim–Gießen), und mit dem Zug bin ich seit meiner Eheschließung kaum noch gefahren. (Wie macht man das heute?)

Daß ich mich mit dem Auto so anstelle, hat übrigens einen ganz anderen Grund als den der etwas einspurigen Heckenweg-Supermarkt-Strecke: Es liegt einzig und allein daran, daß (Benno spricht) »Lady Lisbeth ja immer ihren Chauffeur hatte«, wobei er vergißt, wie selten dieser Chauffeur letztendlich zur Verfügung stand und daß sich Lady Lisbeth als direkte Folge dieses »So-selten-zur-Verfügung-Stehens« heute am sichersten auf ihrem Fahrrad fortbewegen kann. Aber per Rad nach Wimmingen an der Wimme (352 km)?

Gut oder schlecht, auf jeden Fall nach langem Hin und Her: Ich reise per Bahn (erste Tour), und dann versuche ich es mit dem Wagen (zweite Tour).

Bin gespannt, wo ich eher stranden werde: auf einem dusteren Bahnsteig, von dem der letzte Zug gerade abgefahren ist, oder auf einer dusteren Landstraße mit leerem Tank und/oder defekter Zündung. Die Kinder haben sich zu der ganzen Sache übrigens noch nicht geäußert, ich glaube, sie verdauen noch. Oder es ist ihnen vollkommen gleichgültig, was auch möglich ist.

Also, Pauline, ich fahre in der nächsten Woche los und habe mir vorgenommen, Dir jeden Tag aus meinem jeweiligen Hotel zu schreiben. Erstens, weil ich so viele freie Stunden haben werde wie nie zuvor, und zweitens, weil es mir einfach ein Bedürfnis sein wird, wenigstens ein Zipfelchen des Altvertrauten mit auf die Reise zu nehmen. Solltest du drei Tage hintereinander kein Lebenszeichen von mir erhalten, dann forsche bitte nach, wo ich geblieben bin. Habe gewisse Zweifel, ob es sonst jemand tut, nachdem sie die häusliche Situation zur vollsten Zufriedenheit aller Beteiligten geregelt haben – (eifersüchtiger Gedankenstrich!).

Glaubst Du, daß es irgendwem auffällt, wenn ich vor meiner Abfahrt heimlich einen Zwirnsfaden an unserer Türklinke befestige, an dem ich mich im Falle der totalen Verirrung sicher zurückhangeln könnte? Hänsel und Gretel haben doch schon mal etwas Ähnliches versucht, oder? Ach ja, jetzt erinnere ich mich: Die Sache hat *nicht* funktioniert...

Ich umarme Dich in dem festen Glauben, daß Du diese Mitteilungen aus dem Leben einer Ver(w)irrten vertraulich behandeln wirst,

Deine Lisbeth

Bittelsbach, 17. November
Hotel Bittelsbacher Hof

Liebe Paula,
dem Himmel sei's gedankt, die erste Lesung habe ich lebend überstanden.

Mein »Debüt«, besser, »mein Sprung ins Wasser« erfolgte hier in Bittelsbach im Bittelsbacher »Buch-Center Euro-Lit«, eine etwas hochtrabende Bezeichnung für einen eher schlichten Laden, in dem man vorn Radiergummis und Briefpapier und hinten Bücher kaufen kann.

»Hinten« hatten sie reihenweise Klappstühle zwischen die Regale gequetscht und ein kleines Podest gebastelt, auf das ich klettern sollte, um dann zu besagtem »Sprung ins Wasser« anzusetzen, einem Sprung, bei welchem mir genau vierzehn Bittelsbacherinnen und ein Bittelsbacher mit gespanntem Interesse zusahen.

Ich glaube, ich »sprang« ein wenig zu hastig, einzig von dem Wunsch beseelt, nach dem »Absinken« so rasch wie möglich wieder an die Oberfläche zu gelangen und abzuhauen – denn ich war von der Warterei vorher bereits zu Tode erschöpft.

Aus Angst, zu spät zu kommen, kam ich natürlich viel zu früh in Bittelsbach an, was zur Folge hatte, daß sich die Stunden bis zur eigentlichen Veranstaltung endlos dehnten.

Die Zugverbindung hatte sehr gut geklappt. Ich war weder in

den verkehrten Zug gestiegen, noch war dieser plötzlich und unerwartet auf freier Strecke entgleist (Verzögerungen, die ich fest mit einkalkuliert hatte), und so ließ es sich nicht vermeiden, daß ich bereits am sehr frühen Nachmittag in Bittelsbach ankam.

Dann per Taxi (was kostet die Welt?) zum Hotel Bittelsbacher Hof, wie die meisten »Höfe« ein recht vornehmer Schuppen, zu groß für mich und stark nach den Spesen riechend, die »Bennos« aller Art hier wohl gewöhnlich machen. (Unter uns, ich hätte mich nebenan in der »Ecke«, »Fremdenzimmer fl. kalt u. warm Wasser«, passender gefühlt.)

So wuchtete ich meinen Koffer an eine mit Blumen und hübschen Damen verschwenderisch geschmückte Rezeption und wurde dann vom Boy zu meinem Zimmer geleitet. Dort hängte ich meine bereits leicht zerknitterte Garderobe in den Schrank und legte mich, jetzt schon erschöpft, auf das breite französische Bett, um mich in den Anblick des samtbezogenen Fußteils und meines Innenlebens zu vertiefen, wobei mich die Betrachtung meines Innenlebens nicht gerade fröhlicher stimmte... Ich fühlte mich plötzlich so verlassen, daß ich einige Mühe hatte, das jäh über mich hereinbrechende Verlangen zu unterdrücken, zu Hause anzurufen, um Änne zu fragen, ob sie das kleine Schälmesser zum Schälen von Bennos Abendkartöffelchen auch bestimmt gefunden habe... ein Verlangen, das mich ziemlich entsetzte.

Im Unterdrücken sämtlicher Triebe jedoch seit langem trainiert, kramte ich statt dessen meinen Text für die Lesung aus dem Koffer, überflog ihn noch einmal und fand alles, was ich einst am Küchentisch zu Papier gebracht hatte, entsetzlich schlecht. Sodann stellte ich mir die bohrende Frage, welche Bewußtseinstrübung mich eigentlich dazu bewogen hatte, mich heute, an einem erstaunlich güldenen Novembertag, an dem man wunderbar den Garten winterfest machen und/oder im heimischen Heckenweg ein wenig auf und ab gehen könnte, in dieses gottverlassene Nest zu begeben, um fremden Leuten, die mich nicht das geringste angingen und für die ich ebenso uninteressant war wie sie für mich, aus meinem Werk vorzulesen.

Nachdem ich mir die Antwort auf diese Frage schuldig geblieben war, schlich ich ins Bad, starrte ein wenig in den Spiegel, betätigte aus purer Langeweile die Hähne, ließ Wasser über meinen Puls laufen ... und stand dann lange am Fenster ...

Da war's zwanzig nach drei!

Um vier spazierte ich ein bißchen durch die Fußgängerzone, die war, wie Fußgängerzonen halt so sind, trank einen Kaffee in der Cafeteria der örtlichen Kaufhalle, schlenderte so langsam wie möglich wieder zum Hotel zurück, legte mich gottergeben erneut aufs Bett und starrte wieder das blausamtene Fußteil an.

Da war's halb sechs!

Ich hing so in dem fremden Zimmer rum, und die Gedanken kamen angetrabt, und die blödsinnigsten Bilder schossen mir durch den Kopf. Benno erschien, sah sich im Raum um, schürzte anerkennend die Lippen – hm, da haben sie ja direkt was angelegt – und verschwand dann im Bad. Änne lüftete mit zwei Fingerspitzen die Decke und betrachtete konzentriert das Bettuch – doch sauber ist es, da läßt sich nichts sagen. Mary fragte, warum ich mich eigentlich nicht endlich andresse – und »dann ein bißchen flottgemacht« und runter in den Speisesaal und schick diniert und beim Kellner »fallenlassen«, wer man ist!

»Ja, ganz richtig, die bekannte Schriftstellerin aus ... Doch, in die Provinz fahre ich besonders gern, alles so gemütlich, halt noch ganz ursprünglich ...«

Da war's halb sieben!

Anstatt dinieren zu gehen, kramte ich eine Tafel Schokolade aus der Tasche, aß ein Stückchen davon, trank Wasser und zog mich an. Anschließend setzte ich mich auf den hoteleigenen Stuhl, faltete die Hände und dachte daran, daß ich in den kommenden vierzehn Tagen allabendlich um diese Zeit auf einem ähnlichen Stuhl in einem ähnlichen Hotel nach einem ähnlich verbrachten Nachmittag sitzen und warten würde ...

Da schlug's sieben!

Gleichzeitig klingelte das Telefon. Ich sprang wie elektrisiert in die Höhe und riß den Hörer hoch. Frau Hiss vom Euro-Lit-Center erwartete mich unten. Sie sagte, daß sie sich etwas verfrüht habe, aber gerne noch mal wiederkomme, falls ich noch nicht fertig sei. Ich schrie, daß ich *sofort* käme, stopfte Manuskript und Brille in meinen Beutel und hastete zur Tür.

Frau Hiss war sichtlich ermüdet und abgehetzt und hatte ein nervöses Lidzucken. Sie teilte mir mit, daß sie nunmehr zwölf Stunden auf den Beinen sei und jeden Schriftsteller glühend um seinen Job beneide, womit sie weniger den Ruhm ansprach, den der Schriftsteller durch seinen Job erlangen kann, als die gemütliche Körperhaltung, in der er diesem Job nachgeht.

»Die meisten Autoren arbeiten ja im Liegen«, teilte sie mir aus dem Schatz ihrer Erfahrungen schöpfend mit. Sie verfrachtete mich in ihr Auto, in dem ich mich zwischen Bauklötzen und zerfledderten Bilderbüchern zurechtrückte. Frau Hiss lachte und sagte, die Gegenstände gehörten ihrem Jüngsten, der ein Zwillingsbrüderchen des in meinen »Briefen« geschilderten Knaben sei. Auch der Vater des besagten Knaben sei ihr bestens bekannt, und daher hätten sie und ihre Kollegin spontan beschlossen, den Chef zu überreden, mich nach Bittelsbach einzuladen.

Daß es nicht die Idee des Chefs selbst gewesen war, mich einzuladen, bemerkte ich bereits bei der Begrüßung. Herr Euro-Lit teilte mir mit, daß sich die Bevölkerung von Bittelsbach nicht gerade durch Humor auszeichne und Lesungen ernsterer Autoren hier einfach besser ankämen. Vor einigen Monaten hätten sie zum Beispiel einen Autor aus der Schweiz dagehabt, der sich in seinem Werk mit der Zerstörung der Landkultur auseinandersetze, und sie hätten noch Stühle aus der »Ecke« ausleihen müssen und bedauert, nicht doch die kleine Festhalle im Gemeindehaus gemietet zu haben. »Selbst die große Festhalle würde ein Mann wie dieser Schweizer Autor mit ein bißchen Werbung leicht füllen«, setzte er mit einem angewiderten Blick auf ein Plakätchen hinzu, das Frau Hiss in eigener Regie fabriziert hatte. Es zeigte in einer etwas düster geratenen Kopie die Vorderansicht meines Buches und darunter den mit Filzstift geschriebenen Werbespot: »Lis Beth bei uns! Kommen Sie doch auch! Am 16. 11. im Euro-Lit-Center!«

Als ich dieses Plakat sah, war mir sofort klar, daß sich die Bittelsbacher wohl kaum dazu verleiten lassen würden, ihre gemütlichen Wohnstuben und ihren verkabelten Tele samt Video zu verlassen, um sich mit Lis Beth im Euro-Lit-Center zu treffen.

»Im Grunde laufen ja nur noch Lesungen mit Autoren, die den Leuten bereits vom Bildschirm her bekannt sind«, klärte Herr

Euro-Lit mich auf, »es geht da einfach um den Wiedererkennungseffekt, wenn Sie wissen, was ich meine.«

Ich beruhigte ihn dahingehend, genau zu wissen, was er meine, und dann begrüßten wir gemeinsam den dritten Gast, der es sich gerade auf einem der Klappstühle »gemütlich« machte. Während die Leute nach und nach hereinkleckerten, überlegte ich, wie oft ich selbst in meinem immerhin beinahe dreißig Jahre währenden Erwachsenenleben eigentlich auf einer Dichterlesung gewesen bin, nämlich ganze dreimal! Und davon fallen allein zwei Veranstaltungen auf Lila Luder in Paulas Laden... zu denen ich eigentlich auch nur gegangen bin, weil ich Lila und Paula persönlich kenne (und sich eine gute Gelegenheit bot, dem Heckenweg plus Benno einmal zu entkommen).

Als auch um Viertel nach acht kein sechzehnter Gast aufgetaucht war, schloß Herr Euro-Lit leicht verbittert seine Ladentür, warf Frau Hiss einen vielsagenden »Als ob ich's nicht geahnt hätte«-Blick zu und wandte sich dann an die Anwesenden.

»Wenn unserer Einladung auch leider nur wenige gefolgt sind, so wollen wir uns doch jetzt auf die Lesung von unserem heutigen Gast Lis Beth freuen, welche mit ihrem Erfolgsbuch für einiges Aufsehen gesorgt hat.« Ich wußte bis dato noch nicht, daß ich ein Erfolgsbuch geschrieben hatte, und wenn dem so war, so schien sich besagter Erfolg zumindest noch nicht bis Bittelsbach herumgesprochen zu haben.

Der Tisch, hinter dem ich nun Platz nahm, um von der Höhe meines Podestes herab meinerseits die Anwesenden zu begrüßen (wobei mir auffiel, daß das »Auf-ein-Podest-gestellt-Werden« in meinem Fall keinerlei Wonnegefühle hervorrief), war mit einer Leselampe und einem Blumenstrauß bestückt. Der Blumenstrauß versperrte mir beim Lesen die Sicht auf den »linken Flügel«, aber ich ließ das Hochsehen und den Flirt mit meinem Publikum ohnehin bereits nach den ersten Versuchen, denn der Anblick der in totenstille Andacht versunkenen Anwesenden war wenig dazu angetan, mich in irgendeiner Weise anzuturnen. Vielleicht dachten sie ja, sie seien in der Kirche, vielleicht waren sie von klein auf dazu erzogen, bei Dichterlesungen auf gar keinen Fall zu lachen (der ernste Schweizer hatte dieses Gesetz sicher bestätigt), vielleicht würde respektloses Lachen den Dichter auch erzürnen, zumal ja nicht eindeutig geklärt war, ob er diese oder jene Stelle überhaupt spaßig gemeint hatte, und man durch kindische Lacherei nur schmähliche Unwissenheit bekundete.

So blickte ich beim Hochschauen nur in lauter weiße, wachsartige Gesichter, und lediglich die beiden Herren brachten ein bißchen Leben und Bewegung in den Laden. Herr Euro-Lit saß in der ersten Reihe unmittelbar zu meinen Füßen, und es war ihm deutlich anzumerken, mit welcher Inbrunst er das Ende des ersten Teiles der Veranstaltung herbeisehnte, um sich dann beim zweiten Teil (Bierchen im »Roß«) vom Literaturteil zu erholen. Ich nahm ihm seine Ungeduld, die sich durch geradezu zwanghaftes Beineübereinanderschlagen, gekoppelt mit tiefem Aufseufzen bemerkbar machte, nicht weiter übel, denn ich sehnte den »Bierchentrinkteil« mit selbiger Inbrunst herbei wie er.

Dennoch fand ich, daß er sich gefälligst ein wenig zusammennehmen und mir seine Ungeduld etwas weniger deutlich signalisieren könnte. (Er erinnerte mich diesbezüglich übrigens stark an Benno und dessen Verhalten weiblichen Gästen gegenüber, obwohl Benno sich eher erschlagen ließe, als einem weiblichen Gast über eine Stunde lang zu lauschen, und das, ohne ihn ein einziges Mal unterbrechen zu dürfen.)

Ein entzückender weißhaariger Opi in der zweiten Reihe machte das Verhalten von Herrn Euro-Lit jedoch wieder wett. Ungeachtet der klösterlichen Stille ringsum amüsierte er sich königlich, kicherte anfangs heimlich in sich hinein, brach mehrmals in schallendes Lachen aus und spendete zweimal Saalapplaus. Ich zwinkerte ihm freundlich zu, und er zwinkerte hocherfreut zurück.

Als ich schließlich mein Manuskript zuklappte, sprang Herr Euro-Lit wie erlöst von seinem Stuhl auf, lachte mich zum erstenmal herzlich an und teilte sodann dem Publikum in munterem Ton mit, daß man das Buch, welches ja offenbar sehr gut angekommen sei, käuflich erwerben und von der Autorin signieren lassen könne. Ich saß auf meinem Podest und signierte die Bücher, die mir die Leute aufgeschlagen unterschoben, und dachte, daß dies nun also der Gipfel eines Schriftstellerlebens sei, jener sagenumwobene Höhepunkt, von dem zum Beispiel die »Krähen« des InAuBu lebenslänglich träumen, ja, dem zuliebe sie überhaupt nur Schriftstellerinnen werden wollen...

Der fröhliche Opa preschte vor und schleppte gleich vier Exemplare meines Werkes herbei, die er mir verschmitzt lächelnd in die Hand drückte. »Also ich selbst bin ja überhaupt nicht wie dieser Benno«, vertraute er mir an, »aber ich habe vier Schwiegersöhne, die ganz genauso sind, durch die Bank weg. Bitte schreiben Sie: »Für Rudi, für Karlheinz, für Edmund, für Paulus-Justus.«

Ich schrieb: »Für Rudi«, »Für Karlheinz«, »Für Edmund«, »Für Paulus-Justus«, »herzlich Ihre Lis Beth« und signierte anschließend noch einmal die dreißig Exemplare, die nicht verkauft worden waren, derweil Frau Hiss und Herr Euro-Lit die Stühle zusammenklappten. Mir fiel ein, daß sie jetzt in die vierzehnte Arbeitsstunde gingen und Frau Hiss' Sehnsucht, den Schriftstellerjob betreffend, erschien mir nicht mehr so unverständlich wie zuvor. Wir gingen dann zusammen hinüber ins »Roß« – Herr Euro-Lit äußerst beschwingt voran (!) –, wo ich mir eine Suppe bestellte und beim ersten Löffel erstaunt zur Kenntnis nahm, daß meine Hand so zitterte, daß ich die Hälfte auf das Tischtuch kleckerte. Es wurde aber von niemandem bemerkt, da Herr Euro-Lit etliche Freunde begrüßte, die sich fröhlich näherten und an unserem Tisch Platz nahmen. Sie entschuldigten sich, daß wichtige Geschäfte sie *leider* daran gehindert hätten, der sicherlich hochinteressanten Lesung beizuwohnen, daß sie jedoch nicht versäumen wollten, mit dem illustren Gast wenigstens noch einmal anzustoßen.

Wir stießen an, obwohl ich nicht recht begriff, auf was eigentlich, vielleicht war ich aber auch zu erschöpft.

Ich fühlte mich ein wenig deplaciert, da ich mich an dem Gespräch, das sich um den großen Feuerwehrball drehte, auf dem sich sämtliche Anwesenden köstlich amüsiert hatten, leider nicht beteiligen konnte. Nur ein einziges Mal wandte sich Herr Euro-Lit an mich, und zwar mit der Frage, warum ich den Ehemann in meinem Buch eigentlich so hemdsärmelig, gestreßt und ungeduldig geschildert hätte – alle Männer die *er* kenne, seien ganz anders, und wenn seine Frau an jedem ersten Montag im Monat zu ihrem

Stammtisch gehe, passe er sogar auf den Filius auf, »*darüber* sollten Sie mal etwas schreiben...«

Ich trank mein Bier aus und verabschiedete mich, und als ich zur Tür ging, sah ich den flotten Opi von vorhin an der Theke stehen. Er winkte mich zu sich heran und fragte, ob er mich zu einem Klaren einladen dürfe, also *ihm* habe nicht nur mein Buch, sondern auch mein Vortrag ganz außerordentlich gut gefallen.

Sodann riet er mir mit vertraulich gesenkter Stimme, ich solle nur die Hoffnung auf einen zweiten Mann nicht aufgeben, es finde sich mit der Zeit ganz sicher noch mal einer, schließlich sei ich doch ein sehr nettes Mädchen, womit er die Vermutung andeutete, daß es mir sicher nicht gelungen sei, meinen ersten Mann »zu halten«! Als ich todmüde an der Rezeption vorbeischlich, winkte mich der Nachtportier zu sich heran und überreichte mir mit großer Geste das Gästebuch. Er bat mich, etwas hineinzuschreiben: »Etwas möglichst Originelles, das fällt Ihnen bei Ihrem Beruf doch sicher nicht schwer!«

Ich ergriff den Stift und schrieb: »Schön war's in Bittelsbach, herzlich Ihre Lis Beth« und schleppte mich dann zum Fahrstuhl, wobei mich die Frage quälte, ob ich mich hier überhaupt in Bittelsbach befand... Oder war es Gittelsbach?

In meiner »Suite« erwarteten mich ein riesiger Obstkorb und ein Blumenstrauß mit freundlichen Grüßen von der Hotelleitung, und ich bedauerte, daß es mir weder gelingen würde, das Obst heute nacht aufzuessen, noch den ausladenden Strauß mit auf die Reise zu nehmen.

Aber ich muß zugeben, daß ich mich beim Anblick von Bouquet und Obstkorb kurzfristig wie Maria Schell fühlte, wobei mir beim Zähneputzen jedoch einfiel, daß man das Leben von Maria Schell wahrscheinlich immer überschätzt hat. So wie das »Rumkommen in der Welt« und das Thronen auf Podesten.

Wenig später legte ich mich zittrig in das eiskalte Bett und versuchte vergebens, das bretthartе Kopfkissen wie gewohnt zu knautschen. Kaum war ich eingeschlafen, piepste der Radiowekker los. Er piepste schrill und in Intervallen.

Es war halb zwei.

In der Nacht träumte ich vom Heckenweg. Ich saß im Garten,

und die Sonne schien. Der blaue Flieder blühte. In den frischgewaschenen blütenweißen Bettüchern spielte leise der Wind... Ein schöner Traum, ich erwachte nur ungern.

Halb zehn, Paulinchen, ich muß zum Zug! Bis morgen in Gülleshausen,

Deine Lisbeth

Gülleshausen, 19. November
Haus Heckenrose

Liebe Paula,
acht Uhr morgens!

Eingebettet in ein dickes Plumeau, zwei ebenso dicke Kissen im Rücken, hier noch ein Grüßchen auf die Schnelle. Der Aufenthalt in Gülleshausen hat mich mit meinem wenig glücklich verlaufenen Start in Bittelsbach vollständig ausgesöhnt. Ich las gestern in einem entzückend altmodischen Buchlädchen, einem, das dunkel getäfelt und bis unter die Decke mit Büchern bepflastert war und sogar über eine kleine Galerie verfügte, zu der man über eine Hühnerleiter gelangen konnte.

Der Laden wird von zwei sehr engagierten Frauen, Gritt und Nelle, betrieben, die auch zusammenwohnen, und zwar in einem ausgebauten ehemaligen Lagerhaus direkt hinter dem Lädchen. Den Hof zwischen beiden Gebäuden nutzen sie im Sommer für Lesungen und kleine Feste, und ich sagte hocherfreut zu, als sie mich zu ihrem Literatur-Sommerfest im nächsten Juli einluden.

Der Aufenthalt in Gülleshausen war das erste wirklich nette Erlebnis, das mir das ganze Dichterleben bisher beschert hat, und ich faßte frischen Mut und hege die Hoffnung, daß die Zukunft diesbezüglich vielleicht noch ein paar Leckerbissen mehr parat hat. Schon als ich gestern nachmittag am Hauptbahnhof eintraf und wenig später in jenem Nesthäkchenzimmer abstieg, das Gritt und Nelle für mich reserviert hatten, wußte ich, daß Gülleshausen fortan in meinen Erinnerungen einen besonderen Platz einnehmen würde.

Als ich ankam, nieselte es leise und stetig vor sich hin. Die Pension »Zur Heckenrose« war zu Fuß gut zu erreichen, und eine gemütliche, dicke Wirtin empfing mich und geleitete mich in mein Zimmer, das ganz für sich unter dem Dach liegt. Es ist möbliert mit einem großen, altmodischen Bett samt »Kuhlenmatratze«, einem weißlackierten Tischchen, einer weißlackierten Kommode und einem weißlackierten Schrank. Es hat weißgetupfte Tüllgardinchen vor dem Fenster und buntgewebte Teppiche. Nach der Euro-Lit-Center-Kälte war es genau das Richtige. Gritt und Nelle hatten mir einen Herbstblumenstrauß auf das Zimmer gestellt, zusammen mit einem Willkommensgruß und dem Hinweis, daß sie mich gegen halb acht in der Pension abholen würden. Die Wirtin brachte mir einen Teller mit selbstgebackenem Streuselkuchen und einen Becher Kaffee und entschuldigte sich für das »Klo übern Gang« und das Gemeinschaftstelefon, das im unteren Flur an der Wand hängt.

Aber ich beruhigte sie dahingehend, daß ich nie zuvor in einem so gemütlichen Zimmer gewohnt hätte, einem Zimmer, das genau richtig war, um in den Kissenbergen zu versinken und beim leisen Klopfen des Regens in einen dicken, runden Kinderschlaf zu versinken... wobei mich allerdings der Gedanke drückte, daß es an der Zeit sei, endlich einmal zu Hause anzurufen und mich nach dem Ergehen meiner Lieben zu erkundigen. Ich hätte das gern vor meinem Schläfchen erledigt, aber dann dachte ich, daß es besser sei, bis nach achtzehn Uhr zu warten, um nicht sofort Unmut über etwaige Verschwendungssucht aufkommen zu lassen, ein Gedanke, bei dem eigener Unmut aufkam, da es sich ja schließlich nicht mehr um Bennos Geld handelt, sondern um mein eigenes, *das ich verschwenden möchte, wie es mir paßt*!

Aber gut dressiert wartete ich dennoch bis achtzehn Uhr, ehe ich die heimische Nummer wählte, um bereits beim ersten Satz festzustellen, daß ich mir die Sorgen hätte sparen können.

Mary war am Apparat! Sie teilte mir etwas atemlos mit, daß sie leider sehr eilig sei, denn gegen sieben kämen ein paar Leute zum Diaabend, und sie hätte versprochen, sich um die Getränke zu kümmern. Die amerikanische Feigen-Melonen-Bowle habe sie bereits angesetzt, aber sie wolle noch eine klassische kalte Ente dazu machen, für den Fall, daß der eine oder andere amerikanische Feigen-Melonen-Bowle nicht möge. Sie setzte gerade dazu an, mir detailliert zu schildern, aus welchen Zutaten Feigen-Melonen-Bowlen bestehen und welche Zutaten man auch nehmen kann, falls einmal keine frischen Feigen zu kriegen sind, als Änne ihr den Hörer aus der Hand riß. Änne begrüßte mich sehr kurz und teilte mir mit, daß heute eine größere Party stattfinde, daß Mary sich um die Getränke kümmere (Feigen-Melonen-Bowle) und sie selbst gerade dabei sei, eine Häppchenplatte zusammenzustellen, wobei sie betonte, daß man bei Diaabenden mit Häppchen-aus-der-Hand am besten zurechtkomme. Dann teilte sie mir mit, daß Benno noch nicht aus dem Büro zurückgekehrt sei, sie ihn aber gern von mir grüßen wolle. »Am Wochenende werden wir übrigens alle zusammen nach Mainz fahren«, rief sie plötzlich und leitete dann die Verabschiedung ein, noch ehe ich nachforschen konnte, wer alles sich denn an der Mainzfahrt beteilige und zu welchem Zweck sie unternommen werde.

Ich legte mit einem säuerlichen Gefühl in der Magengegend den Hörer auf die Gabel, säuerlich zum einen, daß man in meiner »Firma« ohne die Chefin ausgezeichnet zurechtzukommen schien, säuerlich zum anderen, weil weder Mary noch Änne ein einziges Mal gefragt hatten, wie es *mir* denn eigentlich ergehe und wie ich in der weiten Welt da draußen zurechtkäme. Daß ich mich schließlich auf einer Lesereise befand und nicht etwa aus irgendeinem Kurheim anrief, schienen sie entweder von Anfang an nicht richtig mitgekriegt oder schon wieder vergessen zu haben.

Vielleicht hatten sie aber auch das Fremde, nicht näher Faßbare, das, über das sie nicht richtig mitreden konnten, ganz einfach verdrängt. Verdrängt, weil sie alles, was außerhalb ihrer eigenen Welt lag, nicht interessierte.

Ich ging sehr nachdenklich hinüber in die »Glocke«, bestellte mir ein »Fischfilet bürgerlich«, starrte in den Regen hinaus und fühlte mich trotz Mittagsschlaf und der Nesthäkchenbehaglichkeit, die mich bis eben umfangen hatte, sehr müde und allein.

Um halb acht holten Gritt und Nelle mich in der »Heckenrose« ab, und aller Unmut war augenblicklich vergessen, denn die Lesung wurde ein voller Erfolg.

Gritt und Nelle hatten selbst viel Interesse an Frauenliteratur und hielten regen Kontakt zu der örtlichen Frauengruppe und den diesbezüglich orientierten Volkshochschulkursen, an die sie Einladungen verschickt hatten, so daß genau das richtige »Fachpublikum« erschienen war und es nach der Lesung zu erfreulichen Diskussionen kam. Anschließend luden mich die beiden zu einem Plauderstündchen in ihr Haus ein, das sich, was die Atmosphäre anging, nicht wesentlich von ihrem Buchladen unterschied. Auch hier gab es viel dunkles Holz und Bücherregale bis unter die Decke. Wir setzten uns an den behäbigen Riesentisch um die Teekanne herum und hatten es warm und gemütlich.

Nichts störte...

»Ja, so ist das«, dachte ich, als wir schließlich gegen Mitternacht zu dritt die paar Meter zur »Heckenrose« hinübergingen. »Gritt und Nelle sind berufstätige Frauen, die exakt das gleiche Geschäft betreiben, wie Herr Euro-Lit mit seinem Center, und sie haben den gleichen langen Arbeitstag wie er, und doch machen sie den Eindruck, als ob sie den Laden eher zu ihrem eigenen Vergnügen betrieben.« Auch von ungeduldigem Auf-die-Uhr-Gucken während der Lesung und gequältem Hin-und-Herrutschen auf dem Stuhl war bei ihnen nichts zu bemerken gewesen. Ich teilte ihnen meine Gedanken mit, und Nelle lachte. »Ganz einfach«, sagte sie. »Wir lieben unseren Beruf und den Laden, und wir gehen uns so wenig wie möglich auf die Nerven.«

Gritt sagte mir zum Abschied, wie sehr sie mein Buch liebe, obwohl sie sich mit Kind und Küche niemals abgegeben habe und auch nicht vorhabe, es zu tun. »Wahrscheinlich habe ich es so gern gelesen, weil ich in jeder Zeile die Bestätigung dafür fand, nicht allzuviel verpaßt zu haben«, lachte sie.

Heute morgen war die kleine Wunde, die mir mein gestriger Anruf zu Hause zugefügt hat, bereits so gut wie verheilt.

»Schreiben Sie weiter«, hatte Gritt mir zum Abschied gesagt und dann noch etwas ganz Ungeheuerliches hinzugefügt. »Was gehen Sie die Figuren aus Ihrem Buch im wirklichen Leben eigentlich an? Ihr Leben ist doch anderswo!« Ein Satz, an dem ich verdammt zu kauen habe...

Ich muß (leider!!!) aufstehen und meinen Kram zusammenpakken. Der wunderschöne Herbstblumenstrauß und etwas Wehmut bleiben zurück.

Umarmung, Deine Lisbeth

PS: Meine »Figuren« zu Hause werde ich erst wieder in der nächsten Woche anrufen. Ich hatte stark den Eindruck, daß die Sorge um das Gelingen der Feigen-Melonen-Bowle die Sorge um mein Wohlergehen so gut wie aufgehoben hat und daß sie sich nicht gerade vor Ungeduld verzehren, Neuigkeiten aus *meinem* Leben zu erfahren. Es tut mir um jede Stunde leid, in der ich ihnen mein williges Ohr geliehen habe, um Neuigkeiten aus *ihrem* Leben aufzunehmen (und wohlwollend zu kommentieren). Allerdings muß ich zugeben, daß Benno vorgeschlagen hatte, irgendwann im Laufe meiner Lesereise mit den Damen zu mir zu stoßen, damit sie sich alle gemeinsam dann die Lesung anhören könnten, ein Vorschlag, den ich entsetzt abgelehnt hatte. Also, so betrachtet (Änne spricht!), »muß ich mich nicht wundern«.

Bad Herbrunn, Hauptbahnhof

Liebe Paula,
mein Zug geht erst in zwei Stunden, und so will ich die öde Wartezeit nutzen... Lieber hätte ich Dir natürlich aus meinem Domizil, dem Herbrunner Schriftstellerhaus, geschrieben, aber ich mußte es bereits gegen neun Uhr räumen, und so trieb ich mich ein bißchen in der Fußgängerzone herum, ein wenig erbauliches Vergnügen, vor allem, wenn man sich bereits »geschtern« ausgiebig in der Fußgängerzone herumgetrieben hat und des Dichters Lohn allenfalls ausreicht, das örtliche Kaufhaus zu durchstreifen (und nicht in aller Ruhe nach – beispielsweise – Antiquitäten zu forschen).

Meine hiesige Lesung in der Stadtbücherei (Ortsteil Wailingen) war nicht durch *frau & press* organisiert worden, vielmehr hatte mich die Bibliotheksleiterin Frau Mackenbruck-Seliger persönlich zu Hause angerufen und um einen Termin gebeten. Dabei hatte sie durchblicken lassen, daß sie sich ganz besonders freuen würde, gerade mich in Bad Herbrunn begrüßen zu dürfen, »falls sich in Ihrem Terminplan noch eine Lücke finden sollte«! Ich fühlte mich äußerst geschmeichelt und fand die erhoffte Lücke zwischen Gülleshausen und Gummsheim, woraufhin Frau Mackenbruck-Seliger, nachdem sie sich meine Zusage erst einmal gesichert hatte, augenblicklich jegliches Interesse an mir und der Lesung verlor, denn sie ließ nie wieder etwas von sich hören. Ich nahm dies etwas irritiert zur Kenntnis, und mir kam der Verdacht, daß es ganz einfach zu den unangenehmen Pflichten von Frau Mackenbruck-Seliger gehört, den ihr zur Verfügung stehenden »Etat« unter irgendwelche Dichter zu verteilen. Wahrscheinlich setzt sie sich an einem Morgen, an dem sonst nicht viel los ist, mit einer Liste in Frage kommender Kandidaten an ihren Schreibtisch und ruft die Autoren der Reihe nach an.

Kandidat Nr. 1 meldet sich nicht, Nr. 2 bis Nr. 9 lassen durch ihren Anrufbeantworter ihr Nichtzuhausesein und ihr Bedauern darüber verlauten, stellen aber in Aussicht, daß sie zurückrufen, wenn man sich (nach dem Piepston) melde, Kandidat Nr. 10 ist auf Ibiza, Nr. 11 würde kommen, aber nicht im November, Nr. 12 würde sogar gern kommen und auch im November, fordert aber ein Honorar, das die Stadtbücherei allenfalls einem Günter Grass und nicht einem Fritz Bichel aus Wümpfach zugedacht hat.

Nr. 13 schließlich ist diese Hausfrau, die den Briefroman verfaßt hat. Sie ist persönlich am Telefon und sagt sofort zu, was Frau Mackenbruck-Seliger zufrieden zur Kenntnis nimmt. Sie streicht Punkt vier der Tagesordnung erleichtert von ihrem Terminkalender, begibt sich zur Kaffeepause und vergißt die Autorin mitsamt ihrer Veranstaltung vollständig.

Noch am Tag, an dem abends die Lesung stattfinden sollte, war es mir nicht klar, wo ich denn in Bad Herbrunn übernachten, beziehungsweise wohin ich meinen Koffer tragen sollte. Am Morgen in Gülleshausen hatte ich endlich nach zehn vergeblichen Versuchen das Glück, Frau Mackenbruck-Seliger zu erreichen und ihr mein Problem nahezulegen. Sie unterstellte mir munteren Tons, daß ich doch sicher sehr gern »in unserem Schriftstellerhaus« übernachten würde. »Würde Ihnen das nicht Spaß machen?«

Ich bestätigte ebenso munter, daß mir dieses enorm viel Spaß mache, und stellte mir unter dem in Aussicht gestellten Schriftstellerhaus einen Hort der Ruhe und des Geistes vor, in dem man Autoren »aus aller Welt« treffen und mit selbigen dann des Abends beim flackernden Kaminfeuer badische Weine trinken und hochgeistige Gespräche führen könne, alles auf Kosten der Stadt selbstverständlich, welcher ich für diese Art von »Autorenpflege« bereits im voraus dankbar war. Wie schön, daß es in unserer Zeit noch so etwas gab... Mein Ärger auf Frau Mackenbruck-Seliger wich auf der Stelle, immerhin hatte sie mich für würdig befunden, in besagtem Schriftstellerhaus, das sicher nicht jedem Schreiberling offenstand, Quartier zu beziehen.

»Ja, blöd ist jetzt bloß«, dachte sie laut in meine Gedanken hinein, »daß ich nicht weiß, wie ich den Schlüssel krieg', den unsere Frau Fink aufbewahrt, aber die ist heute vormittag wahrscheinlich nicht drüben! Wissen Sie was«, fuhr sie dann fort, »ich geb' Ihnen jetzt einfach mal die Nummer von Frau Fink, und Sie rufen selbst dort an.«

Ich rief Frau Fink an, aber niemand meldete sich. Ich versuchte es vom Hotel, vom Bahnhof und vom Zug aus. Nichts. Mein Zorn auf Frau Mackenbruck-Seliger kehrte augenblicklich zurück und nahm barocke Formen an. Zum erstenmal kam mir der unschöne Verdacht, daß ihre Freude, gerade mich in ihrer Bücherei (Ortsteil Wailingen) begrüßen zu dürfen, so unermeßlich groß gar nicht gewesen war. Sie hatte wohl eher der Freude Ausdruck verliehen, einen Blödian gefunden zu haben, der bereit war, sich selbst und seinen Koffer nach Bad Herbrunn zu schleppen.

In Bad Herbrunn angekommen, wechselte ich Geld, suchte eine Telefonzelle und drehte die Nummer von Frau Fink (nichts) und dann die von Frau Mackenbruck-Seliger. Aber Frau Mackenbruck-Seliger war gerade zu Tisch gegangen, und ihre Mitarbeiterin sagte, also von einer Autorin, die man im Schriftstellerhaus erwarte, wisse sie nun gar nichts, vielleicht sei es das Beste, wenn ich ihr einfach meine Nummer gäbe, damit Frau Mackenbruck-Seliger dann zurückrufen könne.

»Ich habe zur Zeit keine Nummer«, sagte ich, »weil ich mit einem Riesenkoffer am Hauptbahnhof stehe und nicht weiß, wo ich hin soll.«

»Ach, am besten gehen Sie dann einfach mal direkt zum Schriftstellerhaus«, sagte Frau Mackenbruck-Seligers Mitarbeiterin, von Frau Mackenbruck-Seliger bestens auf den kräftesparenden Umgang mit Autoren eingestimmt, »es ist ja möglich, daß unsere Frau Fink gerade da ist und sie reinläßt. Sie können übrigens gut zu Fuß gehen, einfach durch den Park und immer links halten, es ist ein schöner Spaziergang.«

Ich ging durch den Park und hielt mich links, und es wäre ohne Koffer und bei etwas weniger schmuddligem Wetter ein schöner Spaziergang gewesen, so zog sich die Strecke endlos bergauf. Während ich so dahinschlappte und alle fünf Minuten anhielt, um den Koffer von der einen Hand in die andere zu wechseln und vor mich hinzuwüten, dachte ich, daß Frau Mackenbruck-Seliger normalerweise wohl eher Autoren ins Schriftstellerhaus lud, die ihr Gepäck wie's Zupfgeigenhansel im Schnupftuch über die Schulter geworfen trugen und unbehindert leichtfüßig ausschreiten konnten. Das Schriftstellerhaus erwies sich als romantisches, leicht nach vorn gebeugtes, schmalbrüstiges Häuserl in einer Zeile anderer schmalbrüstiger Häuserl, war hübsch renoviert und verschlossen. Ich klingelte, niemand meldete sich. Frau Fink schien heute früh etwas Besseres vorzuhaben, als für eine Autorin, die sie nicht das geringste anging, irgendwelche Schlüssel bereitzuhalten. Ich hielt gerade nach einer Telefonzelle Ausschau, in die ich meinen Koffer hätte schleppen können, um Frau Fink (und/oder Frau Mackenbruck-Seliger) anzurufen, als sich die Tür öffnete und eine äußerst lustige Truppe ins Freie trat. Ob es sich um Schriftsteller handelte, konnte ich nicht ermessen, auf jeden Fall waren sie von ihrem Aufenthalt im Häuserl offensichtlich angeturnt und fröhlich beschwipst. Sie beachteten mich nicht weiter, und es gelang mir, wie eine Katze an ihnen vorbeizustreichen. Endlich drinnen, lehnte ich mich erschöpft gegen die Flurwand, froh, mein Ziel erreicht zu haben, bis mir einfiel, daß ich nun zwar im »Häuserl« war, aber ohne »Schlüsserl« nicht mehr hinauskonnte.

»Hallo, ist hier jemand«, rief ich die sich schmal nach oben windende Treppe hinauf. Niemand antwortete. Ich dachte, daß die anderen Autoren, diejenigen »aus aller Welt«, die, mit denen ich abends am Kamin hochgeistige Gespräche führen wollte, sicher noch nicht eingetroffen waren, jedenfalls verhallte mein Ruf in vollkommener Stille. Ich dachte an das Treffen des InAuBu und an den »Krähenverein« und die menschliche Fähigkeit, sich lebenslänglich Illusionen hinzugeben...

Dann inspizierte ich das Haus. Unten gab es eine Teeküche und ein Hinweisschild: »Bitte räumen Sie nach Gebrauch der Küche alles ordentlich auf. Kaffee (eine Mark die Tasse) befindet sich im linken Schrank. Bitte geben Sie das Geld in das bereitstehende Sparschwein!« Neben der Küche befand sich eine Art Konferenzzimmer, bestückt mit einem langen Tisch und zwölf stumm dreinblickenden Stühlen. Ich stieg in den Keller hinab, in dem ein wildes Durcheinander leerer Flaschen und benutzter Gläser von einem fröhlichen Abend zeugte, nach dem sichtlich *nicht* aufgeräumt worden war. Im ersten Stock gab es zwei Zimmer, »Hölderlin« und »Rilke«. »Hölderlin« war verschlossen, die Tür zu »Rilke« dagegen stand einladend offen. »Rilke« war bestückt mit einem breiten frischbezogenen Bett, einem Schrank und einem Schreibtisch. Auf dem Schreibtisch befand sich neben der Lampe ein weiteres Sparschwein, daneben lag ein Zettel: »Der Aufenthalt im Schriftstellerhaus ist kostenlos, bitte, denken Sie daran. Ziehen Sie vor Ihrer Abfahrt das Bettzeug ab und legen Sie es ordentlich gefaltet auf das Bett.«

Ich stieg wieder in die Küche hinab, getrieben von meinem knurrenden Magen und der Hoffnung, außer Kaffee vielleicht irgend etwas Eßbares (»Nudeln befinden sich im rechten Schrank, bitte hinterlegen Sie pro Portion DM 1,50. Räumen Sie nach dem Nudelgenuß ordentlich auf.«) zu finden, aber die Hoffnung war trügerisch. Auch der Kühlschrank war bis auf eine angebrochene Flasche Coca Cola vollständig leer, und es tat mir jetzt doch leid, den üppigen Obstkorb, den mir die Hotelleitung in Bittelsbach spendiert hatte, so gedankenlos zurückgelassen zu haben.

Im Gang entdeckte ich nebst genauer Anleitung, wie es zu bedienen sei und welchen Betrag man zu hinterlegen habe, falls man es zu benutzen wünsche, ein Telefon. Ich rief Frau Fink an. Nichts! Dann rief ich Frau Mackenbruck-Seliger an. Diesmal war sie anwesend. Sie gab zu, daß da leider irgendwas schiefgelaufen sei, und verlieh der Hoffnung Ausdruck, daß ich es mir doch sicher ein paar Stunden lang im Schriftstellerhaus gemütlich machen könne. Ich sagte, daß bei mir, einer besonderen Konstruktion der Seele zufolge, jegliche Gemütlichkeit von einem gewissen Grad der Sättigung abhänge, und von eben dieser sei mein Magen zur Zeit weit entfernt. »Ach, Sie hätten sich a bisserl was einkaufen sollen«, meinte Frau Mackenbruck-Seliger, »Sie dürfen sich im Schriftstellerhaus ja auch etwas kochen, haben Sie die Küche gesehen?« Ich sagte, daß ich die Küche gesehen, eingehend inspiziert und wunderschön gefunden hätte.

»Ja, da hat die Stadt nicht gespart«, stellte Frau Mackenbruck-Seliger zufrieden fest.

Wir waren beide am Ende unserer Weisheit angelangt, als unten die Tür aufgeschlossen wurde und jemand »Hallo« rief.

»Ich glaub', Frau Fink ist da«, schrie ich erlöst.

»Na sehen Sie«, sagte Frau Mackenbruck-Seliger gemütlich.

Frau Fink führte mich in die Gepflogenheiten des Hauses ein, wobei sie auf die Spardosen mehrfach hinwies und mir noch einmal einschärfte, daß ich bloß nicht vergessen solle, vor der Abfahrt das Bett abzuziehen. Auch ein kleines Dankesprüchle ins Gästebuch sei angebracht. Bad und Toilette, das sei eine der kleinen Eigenarten des Schriftstellerhauses, hätte ich mir mit dem Bewohner von »Hölderlin« zu teilen. Sie wollte die papierdünne Falttür, die mein Zimmer vom Bad trennte, aufziehen, bemerkte jedoch, daß »Hölderlin« den Zugang durch das Badezimmerschränkchen versperrt hatte.

»Oh, das ist aber nicht sehr nett«, stellte Frau Fink fest. »Es ist nämlich so, daß Dusche und Toilette von beiden Zimmern aus Zugang haben. Da müssen sich die Bewohner von ›Rilke‹ und ›Hölderlin‹ halt a bisserl absprechen!«

Nun, »Hölderlin« schien von Absprache nicht viel zu halten, was Frau Fink unkollegial fand. »Ich dachte immer, Schriftsteller seien nicht so eigen«, meinte sie.

Daß man in Bad Herbrunn der Meinung huldigte, daß Schriftsteller nicht nur »nicht eigen«, sondern darüber hinaus erstaunlich widerstandsfähig seien (ihre geistigen Werte wärmen sie), war auch sonst zu bemerken. Es war im Häuserl empfindlich kühl. Ich ging nebenan ins »Fürsteneck«, um etwas zu essen und mich gleichzeitig von innen und außen zu wärmen. Auf dem Rückweg traf ich »Hölderlin«, einen ausgemergelt wirkenden jungen Mann, der die Vorstellung, der Dichter trage alles, was er besitze, im Schnupftücherl mit sich herum, bestätigte.

Auf meine Bitte hin schob er sichtlich unzufrieden das Schränkchen, mit dem er mir den Zugang zum Klo versperrt hatte, zur Seite und meinte, daß ich aber vor Betreten des Bades erst einmal lauschen solle, ob er nicht gerade drin sei. Ich erbat mir von ihm dieselbe Umsicht und legte mich gottergeben auf das Bett, um ein wenig im Gästebuch zu blättern. Ebenso wie im InAuBu hatten sich auch im Bad Herbrunner Schriftstellerhaus die internationalen Spitzen der Literatur noch nicht blicken lassen, vielmehr bestätigte sich mein Verdacht, hier eher in einer Art Jugendherberge für junge Talente gelandet zu sein. Anstelle zum Beispiel den Kollegen Goethe zu zitieren (»Werd ich zum Augenblicke sagen, verweile doch, du bist so schön«), hatte man den eigenen Geist bemüht (»Durch viele Städte unsere Wege gehen, aber im Bad Herbrunner Schriftstellerhaus ist es immer wieder besonders schön!«). Ich stellte fest, daß das Haus »Fans« besaß, die es immer wieder nach Bad Herbrunn ins Häuserl gezogen hatte und die sich immer wieder wohl gefühlt hatten (und dies unverdrossen kundtaten), und ich fragte mich, was sie eigentlich, außer sich im Häuserl wohl zu fühlen, sonst noch in Bad Herbrunn trieben. Vielleicht schaffte man es ja mit der Zeit, richtig dazuzugehören und sich mit den Honoratioren der Stadt (oder sogar mit Frau Mackenbruck-Seliger) zum Kartenspielen im »Fürsteneck« zu treffen.

Ich kramte meinen Stift aus der Tasche und schrieb: »Wir glauben, wir machen Erfahrungen, aber die Erfahrungen machen uns. Ionesco.« Während ich das Buch zuklappte, dachte ich, daß sich Ionesco, zumindest was meinen Fall betraf, gewaltig irrte, und legte die Illusion von der abendlichen Gesprächsrunde am flackernden Kaminfeuer zu denen, die sich um den Krähenverein gerankt hatten. Denn ganz abgesehen davon, daß ich im Dichterhäuserl keinen Kamin entdeckt hatte, war nicht anzunehmen, daß »Hölderlin« vorhatte, sich mit mir im gänzlich ungeheizten Parterre am Konferenztisch zusammenzusetzen, um etwa über den volkstümlichen Roman der Barockzeit oder doch wenigstens die beschissene Lage deutscher Gegenwartsautoren zu diskutieren.

So schlappte ich nach der Lesung in Bad Herbrunn, Ortsteil Wailingen (zwölf Anwesende, Frau Mackenbruck-Seliger bedauerte, daß der Etat für eine größere Werbung leider nicht ausgereicht habe), ins »Rilke« zurück und las vor dem Zubettgehen noch einmal die fünfzehn Punkte umfassende Hausordnung, wiederum überschrieben mit dem fettgedruckten Hinweis: »Sie sind Gast des Bad Herbrunner Schriftstellerhauses. Bitte denken Sie daran!« Ich dachte unentwegt daran, vor allem so um Mitternacht herum, als ich »Hölderlin« ausgiebig pinkeln hörte. Angeregt durch sein Tun, mußte ich ebenfalls »aufs Örtchen«, wobei ich feststellte, daß es mir sehr schwerfiel, mich auf das Eigentliche zu konzentrieren und mich gleichzeitig laut und ausdauernd zu räuspern. Leider hatte »Hölderlin« meine Signale nicht gehört, so daß er plötzlich leicht schwankend und sichtlich irritiert, vor mir stand. Unzufrieden schlappte er wieder davon, mich mit den Worten: »Machen's a bisserl dalli, andere wollen schließlich auch mal!« allein lassend.

»Hölderlin« benutzte das Klo in halbstündigen Abständen die ganze Nacht hindurch, wahrscheinlich, weil der Gebrauch desselben mit keinerlei Kosten verbunden war.

Gerade höre ich, daß mein Zug wegen eines Sturmschadens voraussichtlich 45 Minuten Verspätung hat. Alle, einschließlich der Bahn, reden vom Wetter!

Verdrießlich gestimmt, Deine Lisbeth

PS: Solltest Du jemals unter die Dichter gehen und Frau Mackenbruck-Seliger ruft an, um Dir mitzuteilen, wie sehr gerade sie sich freuen würde, Dich in Bad Herbrunn, Ortsteil Wailingen, begrüßen zu dürfen, und Dir zu unterstellen, daß es doch sicher Spaß mache, im Schriftstellerhaus zu übernachten, dann antworte ihr, daß Du sehr gerne kommst und ebensogern im »Rilke« schläfst und daß es *ihr* doch sicher Spaß mache, die betreffende Nacht dann im »Hölderlin« zu verbringen und an Deiner Stelle die Sparschweine zu füttern. Und achte darauf, daß sie dann am Abend, wenn Ihr urgemütlich beim Wein am Konferenztisch sitzt (Glas DM 2. Bitte, spülen Sie Ihr Glas nach Gebrauch ordentlich ab und räumen Sie es in das dafür vorgesehene Küchenregal), nicht zuviel *trinkt*...

Gummsheim, Hotel »Ochse«
Sonntag nacht

Liebe Paula,
beschauliches Regenwochenende in Gummsheim! Gutes Quartier und keine »Veranstaltung« am Abend, die mir den Tag (und den Bummel durch die örtliche Fußgängerpassage) gewöhnlich vermiesen. Statt dessen habe ich mich im Lädchen gegenüber mit Lektüre eingedeckt und endlich einmal das getan, wonach mich bereits seit fünfundzwanzig Jahren gelüstet: Ich habe zwei Tage fast ununterbrochen im Bett verbracht, wobei mich ein sehr wohliges »Ach, wie gut, daß niemand weiß«-Gefühl einlullte, das wesentlich zur Gemütlichkeit beitrug. An sich hatte ich geplant, das Wochenende zu Hause zu verbringen, am Samstag den Frühzug zu nehmen und bis Montagfrüh zu bleiben, aber nach einem Telefonat mit Benno hatte ich plötzlich nicht mehr die rechte Lust dazu. Ich rief ihn Freitag um fünf nach sechs an, um mein Kommen anzukündigen. Änne war am Apparat.

»Ach, du bist's«, rief sie merkwürdig überrascht, »wie gut, daß ich noch mal zurückgegangen bin, ich wollte nämlich gerade aus dem Haus!«

»Hallo«, sagte ich, wobei in mir das ungute Gefühl aufkam, daß man mich am Heckenweg offensichtlich bereits abgeschrieben hatte. »Wie geht's? Wie war die Party?«

»Welche Party?« fragte sie.

»Na, die Feigen-Melonen-Party«, sagte ich und lachte gekünstelt.

»Ach, du meinst den Diaabend«, sagte Änne. »Ganz nett soweit. Ich bin ja schon gegen neun gegangen, hatte mich tagsüber einfach übernommen. Es ist ja doch alles recht anstrengend, falls du verstehst, was ich meine.«

»Aber sicher«, sagte ich matt.

»Ja und dann war ja Mary da, die unsere Gäste bestens unterhalten hat, so daß auf meine Anwesenheit sehr gut verzichtet werden konnte. Schließlich will man sich ja niemandem aufdrängen.«

Sie klagte noch eine Weile selbstmitleidig vor sich hin, und ich saß auf dem Rand des Bettes im »Ochsen« zu Gummsheim, starrte die Tapete an und dachte, daß, während ich in der Welt herumtingelte, das alte Lied zu Hause weiterdudelte, immer einfach so weiterdudelte und sich nichts, aber auch gar nichts geändert hatte.

»Aber wie geht's denn *dir*?« fragte sie endlich. »Ich hoffe, daß du deine Reise wenigstens ordentlich genießt.«

»Klar«, sagte ich. »Dazu bin ich ja schließlich losgefahren! Man ist nur immer so...«

»Gerade höre ich Benno kommen«, unterbrach sie mich. »Ich selbst muß jetzt los, schließlich habe ich ja noch einen eigenen Haushalt!«

Ich hörte durch den Hörer hindurch, wie Bennos männlich-zielbewußter Schritt sich näherte. Dann seine Stimme.

»Hallo«, sagte er. »Ich komme gerade zur Tür herein.«

»Änne erwähnte es bereits!« sagte ich.

»Was?«

»Daß du gerade zur Tür reinkommst!«

»Ja, ich bin heute etwas früher dran«, bestätigte er. »Wie geht's denn so?«

»Danke«, sagte ich und dachte, daß ich mir vor dem Auftritt noch die Haare waschen müßte...

»Scheißwetter«, nahm Benno den Faden wieder auf. »Wo bist du denn jetzt eigentlich?«

»In Gummsheim!«

»Wo?«

»In Gummsheim, bei Nürnberg!«

»Großer Gott, Gummsheim!« sagte er. »Wie geht's?«

»Danke, und selbst?« fragte ich, wobei mir die Redewendung »und selbst« einem Ehemann gegenüber irgendwie unpassend erschien. Benno schien nichts bemerkt zu haben.

»Danke, es geht«, sagte er. »Viel Ärger im Betrieb!«

»Das Übliche also!«

»So ist es!« bestätigte er. Wir schwiegen.

»Na, dann mach es mal gut«, sagte er schließlich. »Wann kommst du denn zurück?«

»In einer Woche erst«, hörte ich mich zu meiner eigenen Überraschung sagen.

»Ist gut«, sagte er, »ruf vorher noch mal an.«

»Benno«, rief ich und hatte plötzlich das Gefühl, daß ich ihn nicht so einfach auflegen lassen könne, ohne das Eigentliche besprochen zu haben. »Wie geht's *euch*? Vor allem den Kindern?«

»Den Kindern?« fragte er. Dann schien er sich zu erinnern.

»Gut! Von Lil habe ich allerdings seit ihrem letzten Besuch vor vierzehn Tagen nichts mehr gehört!«

Ich erschrak, doch dann fiel mir ein, daß wir, auch wenn ich brav zu Hause saß, des öfteren längere Zeit nichts von Lil hörten, ohne daß ich deswegen in Panik geriet, da ich ja, *falls* das Gelüst nach Kommunikation sie überfallen sollte, am Platz war. Zudem hatten sich Lils Probleme, seitdem sie uns zwecks Studium vor Jahren verlassen hatte, immer und ausschließlich mit einem Scheck lösen lassen und nicht etwa durch Muttis Teilnahme oder gar Muttis Ratschlag.

»Wenn sie anrufen sollte, dann grüße sie auf jeden Fall von mir«, sagte ich lahm.

»Tu ich«, sagte er.

»Bis dann, mach's gut!« sagte ich.

»Werd' mich bemühen«, sagte er. »Tschüschen!«

»Tschüs«, sagte ich.

Wir legten auf, er zu Hause am Heckenweg, ich zweihundertfünfzig Kilometer weiter auf meinem einsamen Hotelbett sitzend.

»Verflucht noch mal«, dachte ich, »ist das wirklich alles nach mehr als fünfundzwanzig gemeinsam verbrachten Jahren, daß man sich vage nach dem Wohlergehen erkundigt und sich gegenseitig grüßen läßt?« Ja, das war es wohl, denn es sind eben keine gemeinsamen Jahre gewesen... Ich trat auf den Balkon hinaus und blickte auf den menschenleeren Marktplatz hinunter und überlegte, ob ich nicht vor der Lesung noch eine kleine Runde durch den Park drehen sollte. Aber es regnete noch immer.

Teerbrunnsbrück, zwei Tage später
Habe mein kleines familienbezogenes Tief von Gummsheim überwunden, denn Teerbrunnsbrück hat mich für alles entschädigt. (Was gehen mich die Figuren aus meinem Roman im wirklichen Leben an?) Liebste Paula, kennst Du Teerbrunnsbrück? Ich kannte es nicht. Wie ich auf meiner Lesetour überhaupt immer wieder feststellen muß, daß ich eigentlich recht wenig von meinem Heimatland kenne, wenn man von den Autobahnen, die Richtung Südeuropa führen, einmal absieht. Auf jeden Fall: Solltest Du jemals nach Teerbrunnsbrück kommen, dann sieh es Dir an. Sie haben hier einen perfekt renovierten mittelalterlichen Stadtkern, der gar nichts Museales hat, sondern quicklebendig ist, eine Stadtmauer, deren Türme von Künstlern ausgebaut und bewohnt werden, und ein entzückendes altes Theaterchen. Dabei wirkt das Ganze sehr natürlich, nicht touristisch aufgemotzt, es gibt weder Souvenirläden noch den »Pflastermaler«, und ich sah keinen einzigen Bus halten, der (Kaffee / Kuchen im Fahrpreis enthalten) dicke Tanten in den »Schwan« entließ. Es gibt hier neben dem Theater die »Scheuer«, eine für Kleinkunst ideal ausgebaute alte Scheune, einen sehr regen Kunstverein, die Volkshochschule und einen recht agilen Buchhändler, der sich so für mein Buch begeisterte, daß er sein gesamtes Schaufenster damit dekorierte. Also Teerbrunnsbrück bereitete mir den großen Empfang. Schon bei meinem ersten Gang durch die Stadt wurde ich von Plakaten begleitet, die mein Kommen ankündigten. Ich wohnte direkt am Rathaus, keine fünf Minuten von der »Alten Scheuer« entfernt, und hatte am Nachmittag ein Rendezvous mit Frau Brechtl, der Leiterin des Kunstvereins. Ich rief sie vorher vom Hotel aus an.

»Liebste Frau Beth«, sagte sie, »ich konnte ein Interview für Sie arrangieren, bitte, kommen Sie doch schon gegen vierzehn Uhr in mein Büro, es ist gleich um die Ecke, neben der Schwanenapotheke.«

»Um welche Art von Interview handelt es sich?« fragte ich so cool wie möglich. »Funk, Fernsehen, Presse? Muß ich mich vorher zurechtstylen?«

»Nee, bloß Regionalfunk«, beruhigte sie mich. »Sie können aussehen, wie Sie wollen!«

Ich kaufte mir ein Gyros an der Ecke, aß es im Stehen und machte mich dann zu Frau Brechtl auf den Weg. Bereits beim ersten Blick bereute ich es zutiefst, Frau Brechtls Vorschlag, »Kommen Sie wie Sie wollen«, wörtlich genommen und nicht wenigstens eine Spur Lippenstift aufgelegt zu haben, denn Frau Brechtl selbst sah einem Model, welches gerade dem Titelblatt von »Vogue« entstiegen ist, nicht unähnlich. Wir nahmen Platz.

»Sie sind also Lis Beth«, sagte sie und lächelte. »Sehr erfreut, so ähnlich habe ich mir Sie auch vorgestellt.« Ich lächelte etwas verkrampft zurück.

»Wir haben hier in Teerbrunnsbrück eine alte Tradition in Kleinkunstveranstaltungen, der Kunstverein und die Volkshochschule arbeiten da sehr schön Hand in Hand. Ich denke doch, daß wir die ›Alte Scheuer‹ heute abend voll kriegen.«

»Wieviel Plätze hat der Raum denn?« fragte ich.

»Ach, so ganz riesig ist er nicht, bloß hundertzwanzig Plätze, aber mehr Leute sind bei Lesungen auch nicht angebracht, man möchte den Autor ja schließlich auch sehen!« sagte Frau Brechtl. »Ihr Buch ist hier in Teerbrunnsbrück sehr gut angekommen, der Leiter des Buchladens sagte mir, er habe allein in den letzten drei Wochen hundert Exemplare verkauft. Wieviel sind es denn im ganzen?«

Ich schluckte. »So genau weiß ich das nicht. Es gehört nicht zu meinen Gewohnheiten, täglich mit dem Verlag zu telefonieren.«

Frau Brechtl lächelte. »War auch eine dumme Frage«, sagte sie. »Aber die meisten Autoren haben es gern, wenn man ihnen diese Frage stellt, vor allem wenn ihr Buch ein solcher Erfolg war wie das Ihre.« Sie hob den Kopf. »Ach, da kommt ja endlich unsere Frau Meise.«

Frau Meise kam hereingefegt. Sie trug berufsgerecht einen Trench mit hochgestelltem Kragen, einen Gürtel eng um die Taille gezurrt und in der linken Hand einen Einkaufskorb. Zwischen einem Blumenkohl und einer Tüte mit Äpfeln eingequetscht lagerte ein Tonband.

»Ich bin ein wenig verspätet«, sagte Frau Meise und küßte (»Grüß dich, Elfi!«) Frau Brechtl. Dann wandte sie sich zu mir. »Also Sie sind Frau äh...«

»Beth«, sagte ich. »Lis Beth.«

»Ja und«, fuhr sie fort, derweil sie meinen Namen auf einen Stenoblock kritzelte, »Sie haben also dieses Buch über Feminismus geschrieben, fröhlicher Feminismus, war es nicht so? Eine soziologische Studie? Ich muß Sie jetzt mal ein wenig nerven, damit ich gleich weiß, was ich fragen kann, und Sie wissen, was Sie antworten sollen«, fügte sie hinzu und zwinkerte mir kumpelhaft zu.

»Eine Studie vielleicht, soziologisch sicher nicht«, sagte ich.

»Es handelt sich um einen Briefroman!« schaltete Frau Brechtl sich ein. »Briefe einer verhinderten Emanze!«

»Ach so, Briefe«, sagte Frau Meise. »Und diese Briefe handeln vom fröhlichen Feminismus?«

»Sie schildern Situationen aus dem Alltag einer Haus- und Ehefrau«, sagte ich. »Ob sie fröhlich sind, kann ich nicht beurteilen, ich jedenfalls habe sie eigentlich gar nicht so fröhlich gemeint!«

»Im Hinblick auf gewisse Pressestimmen, die Lis Beth auf fröhliche Unterhaltung festlegen wollen, wehrt sich Frau Beth energisch gegen diese Art von Etikettierung, sollen wir es einmal so formulieren?« schlug Frau Meise vor.

»Ich wehre mich gegen gar nichts«, sagte ich matt, »und daß mich die Presse mit irgendwelchen Etiketten belegen will, habe ich noch nicht gemerkt. Aber...«

Frau Meise sah sichtlich ungeduldig auf die Uhr.

»Also, ich habe hier nicht endlos Zeit. Wir machen ein Interview von zehn Minuten, und ich denke, daß es das Beste ist, wenn Sie hier mal rasch einige Fragen notieren, die ich Ihnen zu ihrem Buch stellen soll, und die Antworten schon einmal durchdenken.«

Sie wandte sich an Elfi. »Ich lauf' derweil rasch zum Supermarkt rüber. Wir haben doch morgen unser großes Vereinsfest. Peter und ich haben beschlossen, endlich mal alle Jungs mit ihren Frauen einzuladen, ich muß gleich anschließend mit den Vorbereitungen beginnen.«

Während sich Frau Meise ihren Partyeinkäufen hingab, starrte ich auf den Stenoblock und bemühte mich, mir vorzustellen, was die Hörer des Regionalfunks wohl von mir wissen wollten. Frau Brechtl zeigte sich jedoch auch diesem Problem spielend gewachsen. Sie half mir auf die Sprünge.

»Wie sind Sie zum Schreiben gekommen?«

»Überhaupt nicht«, sagte ich. »Ich habe meiner Freundin Paula Briefe geschrieben, die diese gesammelt hat, um sie eines Abends in ihrem Laden vorzustellen. Sie sind so gut angekommen, daß sich ein Frauenliteraturverlag gemeldet hat, um sie zu drucken.«

»Aber das ist doch eine Superstory«, jubelte Frau Brechtl, »da machen wir doch was draus!«

Als Frau Meise eine halbe Stunde später mit ihrem beladenen Einkaufskorb und drei Plastiktüten zurückkam, war das Interview so gut wie im Kasten. Sie mußte lediglich die fünf Fragen, die ich für sie notiert hatte, vom Blatt lesen und dann geduldig warten, bis ich sie beantwortet und ihr durch Kopfnicken angedeutet hatte, daß ich bereit war, der nächsten Frage zu lauschen. Nach exakt neuneinhalb Minuten war das Ganze gemacht, und sie drückte auf die Taste und strahlte mich an.

»Perfekt«, sagte sie. »Das kann man alles genauso lassen. Manchmal drucksen die Leute so herum, daß man eine Stunde aufnehmen muß, um hinterher zehn Minuten herausfiltern zu können.«

Ich fragte sie, wie sie an ihren Job gekommen sei, der sich (wie ich neidisch dachte) so leicht zwischen zwei Einkaufstouren erledigen ließ, und sie lachte und sagte: »Ebenso zufällig wie Sie an Ihren. Eigentlich bin ich ja Stenokontoristin, aber dann halt so reingerutscht.« Wir »Reingerutschten« zwinkerten uns komplizenhaft zu.

Die Lesung am Abend wurde dann mein großer Erfolg. Der Präsident des Kunstvereins sprach einige einführende Worte und stellte mir Frau Doktor Langhals vor, welche sich, wie er betonte, ganz besonders engagiert um die frauenspezifischen Kurse bemühe, welche die Volkshochschule in jüngster Zeit anbiete, obwohl diese, wie er bekümmert feststellte, lange nicht so gut angenommen würden, wie Frau Langhals angenommen hätte. Zu meiner Überraschung nahm Frau Langhals neben mir am Rednerpult Platz und pustete mehrmals in das Mikrophon.

»Hören Sie mich?« donnerte sie die Anwesenden an. Diese nickten erschreckt. Das Mikrophon war so lautdröhnend eingestellt, daß selbst die Teerbrunnsbrücker, welche *nicht* zur Lesung gekommen waren, sie mühelos verstehen konnten. Frau Langhals räusperte sich zufrieden, dann begrüßte auch sie die Gäste, sprach lobende Worte über die Tätigkeit des Kunstvereins, wies mehrmals auf das Engagement des örtlichen Buchhändlers hin, bedankte sich beim Präsidenten des Kunstvereins für seine freundlichen Worte, brachte auch die frauenorientierten Kurse der Volkshochschule noch einmal ins Gedächtnis und stellte endlich ihren heutigen Gast Lis Beth vor. »Frau Beth wird jetzt für uns lesen«, sagte sie abschließend und nickte mir aufmunternd zu.

Ich rückte eifrig meine Brille zurecht und las eine Stunde ohne Unterbrechung und ohne allzusehr »zu jagen«, was mir sehr schwer fiel, da mich die unbeweglich dasitzende Menschenmasse vor mir und die ebenso unbeweglich neben mir sitzende Frau Langhals zu gleichen Teilen irritierten. Als ich geendet hatte, eröffnete Frau Langhals die im Programm bereits angekündigte Diskussion, wobei mir einfiel, daß sie mir erzählt hatte, eigentlich Lehrerin gewesen zu sein, bis sie die Tätigkeit an der Volkshochschule mehr gereizt hatte.

»Wir alle haben soeben vom Schicksal einer Hausfrau gehört«, hob sie im Ton einer Märchenerzählerin zu sprechen an, und ich überlegte, ob sie wohl früher an der Teerbrunnsbrücker Grundschule, zweite Klasse, tätig gewesen war, »von einer Hausfrau, die alles andere als zufrieden ist mit ihrem Leben, ihrem Ehemann und ihrem Häuschen im Grünen. Warum ist diese Frau denn eigentlich so unzufrieden?«

Die Teerbrunnsbrücker glotzten sie stumm an, und Frau Langhals half höflich nach. »Weil sie sich von ihrem Ehemann, dem Benno, alleingelassen fühlt.« In Teerbrunnsbrück schien man das auch so zu sehen, niemand meldete Widerspruch an. »Aber wie geht Lisbeth denn nun mit ihrem Schicksal um?« forschte Frau Langhals nach. »Denkt sie denn daran, ihr Leben in die Hand zu nehmen und ihren Gesichtskreis zu erweitern, indem sie sich zum Beispiel um eine Arbeitsstelle bemüht?«

Tiefes Schweigen. Eine Frau in der ersten Reihe schüttelte verneinend den Kopf.

»Nein, sie tut es nicht!« bestätigte Frau Langhals. »Und warum tut sie es nicht?«

»Weil es keine Stellen gibt«, ließ sich jemand aus der dritten Reihe vernehmen.

»Das kann, das muß aber nicht der Grund sein«, rief Frau Langhals empört, »denn der Fehler scheint mir auch in der Persönlichkeit dieser Frau selbst zu liegen. Denn wenn, wie da vorn jemand sagte, es keine Stellen für Frauen wie Lisbeth gibt, so könnte sie ihren Gesichtskreis ja auch anders erweitern. Sie könnte sich karitativ, kreativ oder ehrenamtlich betätigen, oder sie könnte, beispielsweise, einmal die Woche zur Volkshochschule gehen!« An dieser Stelle wies Frau Langhals noch einmal auf die Kurse der Teerbrunnsbrücker Volkshochschule hin, die zwar teilweise bereits angelaufen, jedoch mitnichten bereits ausgebucht seien. »Machen Sie es nicht wie Lisbeth, tun Sie was für sich und Ihre Bildung«, rief sie anfeuernd und betonte, daß vor allem in dem von ihr persönlich geleiteten Kurs »Kreativ altern« noch Plätze frei seien.

»Möchte denn abschließend noch jemand etwas sagen?« fragte sie sodann, woraufhin sich eine Dame aus der letzten Reihe meldete.

»Lisbeth könnte doch, anstatt die Volkshochschule zu besuchen, auch einmal versuchen, auf ihren Mann einzugehen«, schlug sie vor. »Es einfach mal mit Liebe probieren, mit Aussprache und mit Verständnis.«

Frau Langhals bestätigte dies »als eine Möglichkeit unter anderen« und wies im selben Atemzug auf den Volkshochschulkurs »Lebendige Partnerschaft. Wir sprechen miteinander« hin, der im Januar als Wochenendseminar angeboten werde. »Packen Sie Ihren Mann am Kragen und kommen Sie einfach mal vorbei.« Sie wandte sich zu mir. »Frau Beth, möchten Sie uns denn abschließend noch etwas sagen?«

Ich war dummerweise ein bißchen eingenickt, rappelte mich jedoch schnell hoch und faßte die Dame, die den Vorschlag gemacht hatte, das leidige Problem einfach mit Liebe zu meistern, freundlich ins Auge. Dann erklärte ich ihr, Lisbeths Schwierigkeiten bestünden ja gerade darin, daß ihrem Ehemann gar nichts fehle, daß ihm seine Ehe lebendig genug erscheine und er vollauf zufrieden sei, wenn er frische Wäsche und sein Essen bekomme, daß er unter fehlender Kommunikation keinesfalls leide, seine Wochenenden am liebsten im Sportverein verbringe und sich bestimmt nicht am

Kragen packen und in den Kurs »Sprechen wir miteinander« schleppen lassen würde. »Gerade in der Tatsache, daß er gar kein Problem sieht, sind ja Lisbeths Probleme begründet. Daher«, fügte ich launig hinzu, »könnte man *ihr* eigentlich nur den Kurs ›Wie bringe ich meinen Gatten um‹ mit dem Zusatzkurs ›Wie komme ich allein zurecht‹, Schwerpunkte: ›Witwenrente‹, ›Karate‹ und ›Wechseljahre in des Wortes doppelter Bedeutung‹ empfehlen.«

Die Teerbrunnsbrücker schienen inzwischen, ebenso wie ich, sanft eingedöst zu sein, denn bei meinem kessen Schlußwort wachten sie reihenweise auf und brüllten vor Vergnügen. Frau Langhals lächelte nachsichtig und meinte abschließend, es sei ja nur wünschenswert, daß eine Veranstaltung, die einem so ernsten Thema gewidmet sei, letztendlich doch mit einem Lachen ende und daß man das Buch, aus dem Lis Beth soeben gelesen habe, nun auch käuflich erwerben könne. »Frau Beth wird sicher so freundlich sein, noch zu signieren.«

Ich signierte über eine Stunde lang, und die aufgemotzten Teerbrunnsbrückerinnen, welche sich an meinem Tischchen vorbeibewegten, meinten mit vertraulich gesenkter Stimme, mein Vorschlag, einen Kurs »Wie bringe ich meinen Mann um« einzurichten, habe ihnen ganz außerordentlich gut gefallen.

»Mein Mann tät sich auch eher umbringe lasse, als in so einen Partnerschaftskurs zu gehe«, teilte mir eine der Damen mit, »geschweige denn, daß er sich am Krage packe lasse tät...«

Wir saßen dann noch in gemütlicher Runde im »Künstlereck«, wo auch der Präsident des Kunstvereins zu uns stieß, der mir erzählte, daß die Veranstaltung heute mit 92 Leuten ja recht gut besucht gewesen sei, jedoch nichts im Vergleich zu jenen Abenden, an denen Christine Brückner, Utta Danella und Christine Kaufmann dagewesen waren. »Sie müßten unbedingt was an Ihrem Image ändern«, teilte er mir mit gesenkter Stimme mit, »Sie sind viel zu natürlich.«

Ich dankte ihm für seinen Rat und sagte, daß es mir von allen Lesungen, die ich bis jetzt gemacht hatte, bei ihm in Teerbrunnsbrück am besten gefallen habe und mir mit 92 Hörern bestens gedient sei. »Hier sind einfach Profis am Werk«, sagte er und lächelte geschmeichelt, »und nicht irgendwelche Buchladentanten, die einfach einen Schreiberling einladen und glauben, mit dem Aufstellen von ein paar Klappstühlen sei es getan.«

Der Präsident bestellte gleich ein paar Flaschen Wein auf einmal, und wir leerten sie und wurden sehr fröhlich. Sogar Frau Langhals gelang es im Laufe des Abends, ihre Volkshochschule zu vergessen, und gegen Mitternacht gestand sie mir über dem sicherlich achten Glas, daß sie, hicks, ihren Alten auch lieber umbrächte, als ihn dazu zu bewegen, einen Partnerschaftskurs zu besuchen. »Es ist halt so viel einfacher!« fügte sie erklärend hinzu. »Denn was nutzt es letztendlich, wenn dann in diese Kurse doch wieder bloß Frauen kommen, derweil der, um den es geht, wie immer zu Hause sitzt und Fußball guckt!«

Liebstes Paulinchen, die Nacht ist fast vorbei, vom Glockenturm schlägt's fünfe schon, aber ich fand den gestrigen Abend und mein hiesiges Quartier so schön, daß es mir einfach unmöglich ist, auch nur eine der Stunden in Teerbrunnsbrück zu verschlafen. Ich werde jetzt ein wenig »ruhen« und dann heiß baden und dann lange frühstücken und dann mein Bündel packen und zum Bahnhof gehen, mal sehen, wann der Zug nach Stuttgart fährt. Dort habe ich meinen großen Auftritt anläßlich der Stuttgarter Buchwochen. Mach's gut, Paulinchen, schade, daß keine von uns beiden mein Radiointerview hören konnte. Ich fragte Frau Meise, ob sie mir nicht einen »Mitschnitt« machen könne, aber sie sagte, das sei nicht üblich! Andererseits ist es vielleicht ganz gut, daß ich mich *nicht* gehört habe. Es könnte ja doch sein, daß mich das Erlebnis so erschreckt hätte, daß ich in direkter Folge davon versuchen würde, mein Image zu ändern.

»Die Welt der ausgedehnten Wirklichkeit, die Außenwelt, ist das Reich der Passivität. Es gibt da nur Ausdehnung und Bewegung von außen her, niemals spontane Bewegung. Sehen Sie, Frau Meise, da liegt Lisbeths Problem.«

In diesem Sinne,

Deine Elisabeth

Stuttgart, Pension Küchle
1. Advent

Liebe Paula,
so, jetzt bin ich's leid!

Sehne mich geradezu in Bennos Haus zurück, in meine wohlige, kleine Küchenwelt und in meine eigene, leicht aufgerauhte Badewanne. Ja, ich sehne mich sogar nach dem Anblick von Bennos Zeitung, wenn sie mir endlich wieder am Kaffeetisch gegenübersitzen wird. Bloß weg von Stuttgart!!! Stuttgart war die totale Pleite, eine Pleite, die ich hätte voraussehen können, denn eine Stadt, in der sogar Ringelnatz seine Schwierigkeiten hatte...

Der Vormittag war noch ganz anregend! Verkaufsoffener Samstag, die Königstraße schwarz von Menschen. Das schiebt sich hier so wohlgeordnet dahin: links rauf, rechts runter. Da schießt keiner quer und steht mitsamt seiner Plastiktüte den anderen im Weg. Geplant-geschäftig geht das zu. Einkaufen! Nicht bummeln, nicht schauen, nicht stehenbleiben. Keine Zeit verlieren, geschweige denn totschlagen.

Ich ließ mich einmal die Königstraße hinaufschieben, driftete dann bei »runter« in Höhe des Schloßplatzes scharf links ab, landete in einem Café und sah auf die Uhr. Noch eineinhalb Stunden bis zur Lesung! Augenblicklich fühlte ich das bekannte leichte Kribbeln, nach dem der Krähenverein so süchtig ist. Ich fragte die Kellnerin nach dem Landratsamt. Sie stellte bereitwillig das Tablett ab. »Ach, dasch is net weit, hier glei rechts nuff über die große Straß, wieder rechts nuff, über noch a groß Straß, da sehen's dann glei! Aber«, glaubte sie warnend hinzufügen zu müssen, »da sind im Moment bloß Buchwochen und a Dichterlesung! Kei normaler Betrieb. Der fängt erscht am Montag wieder a!«

Ich dankte ihr und sagte, daß mich an dem gesamten Landratsamt, ja an ganz Stuttgart ausschließlich besagte Lesung interessiere.

»Ja, dasch musch es halt au gäbe«, bestätigte sie und blickte mich verwundert an.

Ich baggerte mich mühsam durch die Menschenmassen hindurch bis zum Landratsamt vor und betrat das riesige, recht finster dreinblickende Gebäude. Innen herrschte eine große, wohltuende

Stille, hervorgerufen durch eine große, wohltuende Leere, so eine Art allumfassender Friede.

Trotz der Buchwochen hatten die Stuttgarter das Landratsamt offensichtlich entweder nicht gefunden oder gar nicht erst gesucht, denn aus der total überfüllten Innenstadt hatten nur wenige die Schwelle zur Stätte der Erbauung überschritten. Ein Häufchen Verirrter schlich lautlos zwischen den Regalen herum, blätterte wohl ein wenig in den ausgestellten Büchern und stellte sie nach einer Anstandsminute der interessierten Betrachtung wieder zurück.

Ich betrachtete derweil nachdenklich ein merkwürdiges Plakätchen, das von jemandem, der sein Graphikstudium mit Sicherheit noch nicht abgeschlossen hatte, wohlmeinend fabriziert worden war. Es kündigte die Lesung um sechzehn Uhr an und wies den Weg zum »kleinen Saal«. Etwaige Sehnsüchte nach dem angepriesenen Kunstgenuß entfachte es nicht.

Die Leute schlenderten blicklos an dem Plakat vorbei, die einzige, die sich auf die Suche nach dem kleinen Saal machte, war ich selbst. Der Weg war lang und einsam, ich verirrte mich bis in die oberen Stockwerke.

Schließlich fragte ich einen jungen Mann, dessen fester Schritt Kennerschaft und Zielbewußtsein verriet, ob er wüßte, wo die heutige Lesung stattfinde. »Ganz da hinten und dann rechts, neben den Klos!« antwortete er. »Aber da ist es gähnend leer!«

Er betrachtete mich konzentriert. Das Resultat seiner Betrachtung stimmte ihn unternehmungslustig.

»Wissen Sie was, gehen Sie lieber mit mir in die Cafeteria, da ist noch am meisten los! Ich lade Sie zu einem Glas Champus ein.«

Ich beharrte trotzig auf meinem Wunsch, zur angekündigten Lesung zu gehen, ausschließlich dafür sei ich schließlich von weit her angereist.

»Extra dafür? Tapfer, tapfer!« Er betrachtete mich mit verwundertem Interesse. Dann wandte er sich zum Gehen. »Und viel Spaß, obwohl ich nicht glaube, daß da heute noch was stattfindet, sicher werden Sie die einzige sein.« Er packte seine Tasche, die mit Werbebroschüren vollgestopft war, und strebte dem Ausgang zu. Voller Neid sah ich ihm nach! Dann machte ich mich, tapfer, tapfer, in entgegengesetzter Richtung auf die Socken, und endlich gelang es mir, den lang gesuchten kleinen Lesesaal zu finden. Er hatte riesige Ausmaße, war spärlich beleuchtet und von bemerkenswerter Öde. Vorn am Podium standen, verloren wie Fliegenkleckse, ein paar Stühle im Rund, am Mikrophon machte sich ein grämlich dreinblickender Typ zu schaffen, links neben dem Eingang hatte ein Chinese seinen Tisch aufgebaut und bemalte weiße Seide mit schwarzer Tusche. »Unser Gast Herr Ling wird Sie gern in die Technik der chinesischen Seidenmalerei einführen, versuchen Sie es doch auch einmal«, las ich auf einer Hinweistafel, die neben ihm stand. Niemand schien das geringste Interesse daran zu haben, sich von Herrn Ling in die Geheimnisse der Seidenmalerei einführen zu lassen, was ihn jedoch nicht sonderlich schmerzte. Wahrscheinlich handelte es sich bei ihm um einen jener Chinesen, bei denen sich Yin und Yang im absoluten Gleichgewicht befinden, derweil sich meine inneren Gleichgewichte wieder einmal gefährlich verschoben und Yin deutlich niedriger hing als Yang.

Ich lächelte Herrn Ling kumpelhaft zu, schenkte dem leeren Saal einen traurigen Rundumblick und hob bedauernd die Schultern, um anzudeuten, daß wir mitsamt der Verachtung, die man unseren Künsten entgegenbrachte, sozusagen in einer Dschunke saßen, und Herr Ling grinste (nix Gast, nix schlimm, nur Fluß von Wasser ist ewig) gelassen zurück. Er sah auf die Uhr und begann hurtig seine Malutensilien zusammenzupacken. »Ich jetzt aufhölen, gleich Dichtellesung!« teilte er mir mit. »Ich weiß!« flüsterte ich heiser und fühlte, wie sich Yin und Yang zu einem kalten Klumpen in der Magengrube vereinten.

Plötzlich und unerwartet kreischte das Mikrophon los. »Eins-zwei-drei-Klara-Anton-Gerhard-hören-Sie-mich?« gellte der Typ vom Podium herab. »Ja, ich höre Sie«, brüllte ich zurück. Der Typ beruhigte sich augenblicklich, verließ sein Spielzeug und kam eilenden Fußes auf mich zu. Er ergriff meine Hand.

»Astschneider! Sind Sie ein Gast oder die Autorin?«

»Bloß die Autorin«, sagte ich mühsam-heiter.

Er betrachtete mich sorgenvoll. »Tja, Gäste scheinen nicht zu kommen«, stellte er hellsichtig fest. »Muß was mit dem Ausstellungsort zu tun haben, normalerweise werden die Buchwochen sehr gut besucht. Zu den Lesungen im letzten Jahr haben wir noch Stühle extra herbeischaffen müssen!«

»Als Christine Brückner und Christine Kaufmann da waren«, ergänzte ich seinen Satz und dachte an Teerbrunnsbrück.

»Nee, Marie Marcks!« stellte Herr Astschneider richtig. »Jedenfalls war es noch nie so öde wie heute! Die Lesungen sind ja gratis, das zieht!« fügte er erklärend hinzu.

Nun, auch »umsonst« zog ich nicht! Es war inzwischen beinahe halb fünf. Ein Ehepaar, das sich auf der Suche nach dem Klo verirrt hatte, schaute kurz herein und erkundigte sich nach dem Ausgang. Dann bestätigten sie sich gegenseitig eine gewaltige Lust auf ein Viertele im »Brünnle« und eilten freudig erregt davon.

Herr Astschneider sandte ihnen einen betrübten Blick nach, in den sich aufkommender Neid mischte.

Wir waren nun ganz allein im weiten Saal, denn selbst Herr Ling hatte keinerlei »Intelesse« an deutscher »Litelatul« gezeigt und war lautlos entwichen. Wir sahen uns an und schwiegen.

»Vielleicht finden die Leute den Weg nicht! Selbst ich habe beinahe eine Viertelstunde gesucht!« sagte ich schließlich, wohlweislich verschweigend, daß das Nichtfinden jeglichen Zielortes bei mir an der Tagesordnung ist und keinerlei Rückschlüsse auf den Schwierigkeitsgrad des Weges zuläßt. Herr Astschneider atmete hörbar auf, seine Augen leuchteten hoffnungsvoll.

»Ich werde die Lesung ausrufen!« sagte er. »Sie setzen sich am besten schon einmal an das Mikro, und *wenn* sich jemand blicken läßt, dann begrüßen Sie ihn und bitten ihn, gleich Platz zu nehmen. Und lassen Sie ihn nicht abhauen!« fügte er beschwörend hinzu.

Ich setzte mich auf das Podium, erwog einen Fluchtversuch, verwarf die Idee jedoch, pustete ein bißchen in das Mikrophon, zählte die Stühle und lauschte dem Ticken meiner Armbanduhr.

Plötzlich schnarrten die großen Lautsprecher seitlich des Eingangs. Ich zuckte verschreckt zusammen.

»Meine sehr verehrten Damen und Herren«, näselte Herr Astschneider. »Es scheint Ihrer geschätzten Aufmerksamkeit entgangen zu sein, daß wir heute die beliebte Autorin Lis Beth zu Gast haben, eine Bestsellerautorin, die aus ihrem Erfolgsbuch vorlesen wird.« Herr Astschneider machte eine wirkungsvolle Pause, ehe er in energischem, keine Widerrede duldendem Ton fortfuhr. »Also, versammeln Sie sich bitte alle sofort in der großen Eingangshalle! Sie werden dort abgeholt und zum Lesesaal geleitet! Die Lesung ist *gratis*«, fügte er beschwörend hinzu.

Ich nickte zufrieden vor mich hin. Die Idee, die Leute abzuholen und zu mir zu geleiten, erschien mir gut, schließlich war auch ich immer geneigt, mich irgendwo abholen und zum Ziel geleiten zu lassen. Auch der betonte Hinweis darauf, daß der Kunstgenuß mit keinerlei Unkosten verbunden sei, erschien mir geschickt.

Tatsächlich trieb wenig später Herr Astschneider ein Grüpplein leicht verwirrter Seelen vor sich her in den Saal, wo sie sich irritiert umsahen. Er placierte sie auf den Stühlen, schloß energisch die Tür und lehnte sich, den Türknopf fest umklammernd, erschöpft dagegen. Heimlich gab er mir ein Zeichen. Augenblicklich begann ich zu lesen.

Es schien alles glattzugehen, bis eine Dame aus der ersten Reihe begriff, was ihr geschehen war: Man hatte sie quasi gegen ihren Willen zu einer Lesung geschleppt, zu der sie nicht wollte und die sie nicht im mindesten interessierte. Zudem fiel ihr ein, daß sie ja eigentlich zu Einkäufen in die City gekommen und nur aus Neugier und nur »mal so« ins Landratsamt geraten war. Keinesfalls war sie eigens aus Schwieberdingen angereist, um in einem spärlich beleuchteten, scheußlich ungemütlichen Saal Lisbeths Ergüssen zu lauschen, derweil auf der Königstraße munteres Treiben herrschte und ihre Einkaufstaschen leer blieben.

Entschlossen erhob sie sich, griff sich Tasche und Ehemann und drängte seitlich aus der Reihe. Augenblicklich ergriffen auch drei andere der Verschleppten die gute Gelegenheit zur Flucht. Fliegenden Fußes verließen sie den Saal, wobei sie einigen Lärm verursachten, so daß ich gezwungen war, das Manuskript sinken zu lassen und eine Pause einzuschalten. Dies machte sich ein Herr aus der zweiten Reihe zunutze. »Wann schließen denn eigentlich die Parkhäuser?« wandte er sich an seinen Nebenmann. »Um 18 Uhr!« »Großer Gott!« fluchte der Mann und rappelte sich ebenfalls hoch. »Komm, Else!«

Else hatte die Veranstaltung an sich recht gut gefallen. Auch hatte sie ihre Einkäufe bereits erledigt, wie der Umfang ihrer Einkaufstasche und die fünf Plastiktüten neben ihrem Stuhl verrieten. Sie sah überanstrengt und erschöpft aus und schien es sichtlich zu genießen, sich in dem dämmrigen Raum zu entspannen und vielleicht ein kleines Nickerchen zu halten, ehe sie sich wieder ins Gewühl stürzen mußte. Gerade hatte sie aufseufzend die Schuhe von den geschwollenen Füßen gestreift und sich behaglich zurechtgerückt. Nun stützte sie sich unwillig hoch, um, sichtlich unzufrieden, ihrem Ehemann zu folgen. Dies wirkte auf die gesamte letzte Reihe äußerst ermunternd: Man stand geschlossen auf und strebte zur Tür. Ein Opi aus der vorletzten Reihe wandte freudigüberrascht den Kopf. Wer hätte zu hoffen gewagt, daß die Erlösung so rasch erfolgen würde? Aufgeregt, voller Angst, den Anschluß eventuell zu verpassen, stürzte er den Davoneilenden nach. Polternd fiel sein Stuhl um, er nahm sich nicht die Zeit, ihn wieder aufzustellen. Gleichzeitig mit den anderen erreichte er schnaufend das Tor zur Freiheit.

Fünf Leute blieben übrig, wir glotzten uns an. Ich klappte mein Manuskript zu und ermunterte die fünf, ebenfalls zu gehen. Vielleicht, ganz vielleicht (hahaha) traf man sich ja irgendwann irgendwo einmal wieder.

»Nee, ich hab' Zeit«, sagte ein junger Mann, »lesen Sie ruhig ein bißchen vor.« Eine Omi kramte ihre Brille aus dem Beutel und fragte, ob ich etwas dagegen hätte, wenn sie ein paar Runden stricken würde. Ihr Zug fahre erst gegen halb sieben, und hier sitze es sich immer noch gemütlicher als im Wartesaal des Hauptbahnhofes. »Es ist samstags immer überall so voll«, teilte sie ihrer Nachbarin erklärend mit. »Sonst würde ich ja ins Café gehen, aber an einem Tag wie heute weiß man einfach nicht, wo man bleiben soll!«

Ich leierte lustlos meinen Part vom Blatt, doch als ich fertig war, hatte ich meine Zuhörer so eingelullt, daß sie sichtlich unzufrieden von ihren Stühlen aufstanden, weil der Saal geschlossen wurde. »Schade, ich hätte Ihnen so gern noch zugehört, bis mein Zug fährt«, wiederholte die Frau mit dem Strickzeug. Ich dachte, warum eigentlich noch nie jemand auf die Idee gekommen ist, Lesungen in den Wartesälen der Bundesbahn abzuhalten. Es verkürzt den Wartenden die Zeit, tröstet über Verspätungen ein wenig hinweg und hat für den Vortragenden den unschätzbaren Vorteil, daß die Zuhörer mitsamt ihrem Gepäck nicht so leicht abhauen können wie anderswo.

Gerade schlägt's zwölf, und *mein* Zug fährt erst gegen vierzehn Uhr. Die Stadt gähnt heute grau und müde vor sich hin, alles hat sich verschlossen, ist todlangweilig geworden. Das Hotel ist halbleer, draußen nieselt es, die Heizung tuckert leise vor sich hin. Man kommt sich so übriggeblieben vor. Ich werde mich schon mal zum Bahnhofsrestaurant schleppen und eines dieser unsäglichen Rahmschnitzel à la Bundesbahn runterwürgen. Und kein Schwein, dessen bin ich mir sicher, wird sich die Mühe machen, mir etwas vorzulesen. Zum Trost oder »bloß so«.

Den Koffer bereits in der Hand,

Lisbeth

Hotel »Haus Benno«
4. Dezember

Liebe Paula,
am Donnerstag wollte ich Dich endlich mal wieder anrufen, um ausgiebig zu quatschen. Der Abend war äußerst günstig, da Benno bei der Mitgliederversammlung der Tennisfreaks weilte und vor zehn nicht zurückerwartet wurde.

Dummerweise hatte ich jedoch nachmittags ein Rendezvous mit »Antenne 13 – Ihr Stadtradio« (denk Dir, »Am Mikro – Ihr Frank« hatte mich ins Studio gebeten), und die ganze Geschichte dauerte viel länger als erwartet und war so ermüdend, daß ich auf der Heimfahrt prompt in den falschen Zug stieg und leise einschlummerte, bis mir der Schaffner zu verstehen gab, daß Karte und Fahrtziel nicht übereinstimmten. Es war aber nicht weiter schlimm, denn ich konnte gleich an der nächsten Station aussteigen, und auf dem gegenüberliegenden Gleis wartete bereits der Gegenzug! Aber als ich endlich am Heckenweg landete, war es bereits nach neun, und ich war von meinen ganzen Abenteuern so erschöpft, daß ich es nicht mehr fertigbrachte, Dich anzurufen, besser, nicht mehr fertigbrachte, gleichzeitig entspannt zu plaudern und auf das Klappen des Garagentores zu lauschen... Aus mir unerklärlichen Gründen sieht Benno in einer so prosaischen Sache wie einem Telefonhörer ein sitten- und ehegefährdendes Ding, sobald sich besagter Hörer in meiner Hand befindet, und ein vermögengefährdendes natürlich obendrein. Leider werde ich dich auch am kommenden Donnerstagabend nicht anrufen können, da ich mich dazu überreden ließ, hier in der Bücherei eine Lesung zu halten (ein »Geschenk« von Meta Meier), obwohl mich zur Zeit noch gewisse Zweifel plagen, ob es überhaupt klug ist, mein Werk ausgerechnet am »Tatort« vorzustellen.

Ansonsten geht es mir aber gut! Benno verhält sich auffallend still, er kaut zur Zeit an starker Verunsicherung, denn der Verlag plant eine größere Neuauflage, und Bennos Anrufbeantworter, den er sich angeschafft hat, da sein bisheriger Anrufbeantworter durch die Lande tingelt, ist mit Angeboten für Lesungen vollgequatscht, aus denen er die wenigen Infos, die für ihn bestimmt sind, mühevoll herausfiltern muß. Andererseits hat er wohl beschlossen, daß es lohnend sei, mich zart zu behandeln, denn vielleicht verbirgt sich hinter meiner unscheinbaren Fassade ja eine Goldquelle. Aufs äußerste frappiert mußte er nämlich zur Kenntnis nehmen, welche Summe die paar Blättchen, die ich (Benno spricht), »ohne zu wissen, was ich tat«, vollgekritzelt habe, eingebracht haben, und er wird sich hüten, achtlos auf der Goldquelle herumzutrampeln und sie womöglich zum Versiegen zu bringen. Alles in allem: Benno ist still für sich dazu übergegangen, sich dem Thema Literatur nicht länger zu verschließen, sondern sich mit dieser Sparte eingehender zu befassen. Dabei geht er natürlich wie gewohnt dynamisch vor, überschlägt langwieriges Germanistikstudium, ignoriert sogar den Grundkurs »Wir lesen ein Buch« und kommt, wie es sich für eine Führungskraft geziemt, gleich zum Wesentlichen: Gestern erwischte ich ihn dabei, wie er sich mit gesammelter Konzentration in die Bestsellerliste unserer Fernsehzeitung vertiefte, und als er mich mitsamt meinem Gesamtwerk auf Platz acht entdeckte, legte er das Blatt zur Seite und versank in meditatives Vorsichhinstarren. Sodann teilte er mir gönnerhaft das Resultat seiner Überlegung mit: Also ich kann »ruhig« weiterschreiben, wenn es mir soviel Spaß macht, aber die finanzielle Seite der Angelegenheit soll ich um Himmels willen in seine bewährten Hände legen, denn: »Nicht wahr, mein Schatz (väterliches Augenzwinkern), in *Vermehrung* jeglichen Kapitals bist du ja reichlich ungeübt.« Kurz und gut, er schlug mir (endlich) jene Arbeitsteilung vor, von der ich seit Jahren träume. Ich schreibe meine »Märchen«, er macht »alles andere«, ja, er schlug mir sogar vor, zur nächsten Buchmesse zu fahren, um einen »richtigen« Verleger zu suchen und anständige Verträge mit allem Drum und Dran für mich auszuhandeln.

»Ich nehme dir den ganzen Mist ab und bring dir die Angebote ins Haus, so daß du wirklich nur noch zu schreiben brauchst, und das Geld lege ich festverzinslich und bombensicher für dich an. Natürlich kannst du immer mal was haben, wenn du was brauchst«, fügte er beruhigenderweise hinzu. Ich hatte Benno schon seit Jahren nicht mehr so lange und so enthusiastisch reden hören und bemerkte plötzlich jenen Glanz in seinen Augen, der mir vor unserer ersten Nacht (und dann nie wieder) aufgefallen ist. Leider kam mir bei seinem Angebot nicht das erwartete Gefühl von Behütetsein und »Laß uns die Bürde gemeinsam tragen«, eher erschien er mir als eine Art Zuhälter, der die Freier herbeilockt und später den Zaster absahnt und einbunkert, derweil »Lisbeth la Douce« mit all dem alltäglichen Kram nichts zu tun hat, sondern sich ausschließlich auf »das Eigentliche« konzentrieren kann. Ich sagte, daß wir darüber noch sprechen sollten, später einmal, und erhob mich, um mich für einen Auftritt in »Antenne 13 – Ihr Stadtradio« zurechtzumachen, wobei es sich wieder mal als nützlich erwies, technisch begabte Söhne großzuziehen. Denn als ich aus dem Bad kam, lief mir Benno II über den Weg und teilte mir liebevoll mit, daß es genügt hätte, die Stimme zu schminken: »denn beim Hörfunk wird der Sprecher *nicht* gesehen!« Dann fragte er mich zum drittenmal in dieser Woche, ob ich »mal« hundert Mark hätte. Nein, hab' ich *nicht*!!!

Der Anrufbeantworter schnarrt. Atemlos lauschend,

Deine Lisbeth

PS: Wie erwartet (!) ein Anruf für mich.

»Hier ist der Buchladen ›Die Affenschaukel‹, Kalle am Apparat. Ich melde mich aus der Nähe von Kiel und wollte...«

Ich hob den Hörer ab.

»Ja?«

»Hier ist die ›Affenschaukel‹, Kreis Kiel«, wiederholte Kalle. »Ich wollte dir anbieten, dein Buch bei uns im Laden vorzustellen!«

»Spitze!« gab ich souverän zurück.

»Ja also, dein Buch is' ja 'n Renner«, sagte Kalle. »Obwohl die Meinungen geteilt sind. Aber wir sind da offen und wollten dir Gelegenheit geben, bei uns zu lesen und dich notfalls zu rechtfertigen. Die Meinungen sind ja geteilt«, wiederholte er.

»Ich würde mich wahnsinnig gern in eurem Laden rechtfertigen«, sagte ich, »bloß erscheint mir die Reise ein wenig weit, allein die Fahrkosten...«

»Ja, wir dachten, du könntest vielleicht per Anhalter fahren«, schlug Kalle vor, »und pennen kannst du dann beim Hubert, der hilft bei uns im Laden, dem macht das nichts aus! Und Honorar dachten wir zweihundert Piepen, bar auf die Hand!«

Ich sah mich im Niesel auf der E 45 stehen und später zu Hubert auf die Matratze schlüpfen, nachdem ich fünfzehn Affenschaukelbesuchern mein Buch »vorgestellt« hatte, und das alles für zweihundert Piepen, und sagte, daß sich der Aufwand für mich nicht lohne, zumal mein Buch an sich schon recht gut »vorgestellt« sei. Ich erwähnte »Platz 8«, mein reifes Alter und meinen Ischias.

»Dreihundert Piepen«, schlug Kalle vor.

»Es ist mir zu weit!«

»Na denn nich, wir wollten dir da echt 'ne Chance geben«, schrie Kalle empört. »Elitäre Zicke!«

Ich muß sagen, daß ich den Hörer längere Zeit verblüfft in der Hand hielt...

»Haus Benno«
18. Dezember

Liebe Paula,
kennst Du jemanden, der mein Radiointerview gehört hat? Ich leider nicht, was insofern begreiflich ist, da ich an dem betreffenden Abend hier in der proppenvollen Leihbücherei gelesen und mir somit selbst Konkurrenz gemacht habe. Ich bat beide Bennos, die Sendung aufzunehmen, und bedachte unseren Mediendschungel, der mir die Fensterecke im Wohnzimmer blockiert und mit dem ich auch nach zehn Jahren noch nicht richtig umgehen kann, zum erstenmal mit liebevollen Blicken. Als ich von der Lesung zurückkam, im Eiltempo und voller Gier, mein Interview zu hören, hingen beide Bennos entspannt in den Polstern und zogen sich einen Krimi rein, der seit zweieinhalb Stunden lief und sie weit mehr interessierte als »Unser heutiger Studiogast« auf Antenne 13.

»Wir haben's ja für dich aufgenommen und dachten, es sei netter, es hinterher gemeinsam anzuhören«, meinte Benno im Zuge seiner persönlichen Entwicklung in Sachen »neue Milde«. Tatsächlich sprangen beide Bennos bei meinem Eintritt dienstbeflissen in die Höhe (der Krimiheld schoß sich gerade dem Finale entgegen), stellten den Fernseher ab und machten sich an dem Medienturm zu schaffen. Ich setzte mich mit gefalteten Händen und klopfendem Herzen auf das Sofa. Kurz darauf klopften passend zum Herzen auch mein Puls und die Halsschlagader, denn die Vorführung begann mit einem mir seit *Jahren* bekannten »Ach, verflixter Mist, so'n Scheiß«-Gemurmel, jenem Gemurmel, mit welchem Benno, solange ich denken kann, den beherzten Hinweis einzuleiten pflegt, daß dieses Scheißding dieser Scheißfirma zu welcher Darbietung auch immer im Moment leider nicht imstande sei. Mit wilden Verwünschungen in Richtung weltbekannter Medienkonzerne, denen er, Benno, die berechtigte Pleite an den Hals wünscht für den Dreck, den sie einem für ein Heidengeld ins Haus liefern, platzen bei uns seit Jahren Film-, Dia-, Video- und Musikvorführungen, zu denen Benno beherzt einlädt, bei denen die Geladenen dann jedoch anstelle des Kulturgenusses lediglich einen schwitzenden Hausherrn und sein Gesamtvokabular an Ausdrükken aus der Fäkalsprache geboten bekommen.

Nun jedenfalls hatte die Riesentechnik, die mir den Blick in den Garten versaut und auch sonst nicht gerade dazu beiträgt, den Gesamteindruck unseres Salons zu verbessern, nicht ausgereicht, ein simples Interview von fünfundfünfzig Minuten aufzunehmen, weil Benno versäumt hatte, einen hierfür notwendigen Schalter zu drücken. Jenen Schalter, den Anlagen von LUNI zum Beispiel gar nicht haben, weshalb beide Bennos sich dahingehend austauschten, daß es besser gewesen sei, gleich eine Anlage von LUNI zu nehmen, und sich in ein hochkarätiges Technikgespräch verbissen, dem ich schlichtes Gemüt nur das eine entnehmen konnte: daß sie nämlich anstelle von »Unser heutiger Studiogast« fünfundfünfzig Minuten Rauschen aufgenommen hatten, eine Tat, für die ich sie am liebsten erschlagen hätte.

Hoffnungsvoll rief ich eine Woche später »Am Mikro Ihr Frank« an, um nach dem Mitschnitt zu fragen, den er mir nach der Sendung schicken wollte, aber auch bei »Antenne 13« war etwas schiefgelaufen. Man äußerte den Verdacht, daß »der Bernd« das Band direkt nach der Sendung gelöscht habe. Genaueres könne man mir jedoch erst in einer Woche sagen, wenn »der Bernd« aus dem Urlaub zurück sei. »Wär' echt schade, wenn's weg wär'«, ließ sich »Am Mikro Ihr Frank« bedauernd aus, »die Sendung ist nämlich ungewöhnlich gut gewesen, meine Frau war ganz begeistert von Ihnen.«

Ich war so verärgert, daß ich in die Küche dampfte und eine Riesenpfanne Gyros ansetzte und alles verschmurgeln ließ, und als beide Bennos hungrig vom Tennisplatz kamen, wütend an der Pfanne rüttelte und mich lautstark darüber ausließ, daß dies bei Pfannen von »Gruzzli, Ihr Pfannenspezialist« nicht geschehe und ich aus diesem Grunde meinen gesamten Topfbestand erneuern müsse. Die Kerle verstanden die Anspielung jedoch nicht, sondern ließen sich darüber aus, daß Pfannengyros ohnehin nicht vergleichbar sei mit Drehspießgyros.

Später kam Benno I in die Küche, lehnte sich gegen den Kühlschrank, schenkte dem Mobiliar einen raschen Rundumblick und schlug vor, nicht nur die Pfannen, sondern (jetzt, wo du Geld hast) die ganze Küche zu erneuern: »denn (Augenzwinkern) das war doch immer dein Traum!« Ich warf ihm einen kühlen Blick zu und teilte ihm mit, daß ich zu jenen unsteten Menschen gehöre, deren Träume sich alle fünfundzwanzig Jahre ändern, und daß sich die meinen bereits seit einiger Zeit um andere Dinge drehen als um einen Kühlschrank in Sichthöhe. »Andere Zeiten, andere Träume«, sagte ich vieldeutig und warf das Gyros in den Mülleimer. »Ach so!« antwortete Benno und grinste blöd-friedlich-nichtverstehend.

Liebste Pauline, solltest du jemals vom Stadtradio eingeladen werden (ich meine, die hätten Dich längst einmal zu sich bitten sollen, schließlich gehörst Du zur »Szene«), dann eile fliegenden Fußes hin, denn Du wirst ein paar fröhliche Stunden erleben. Schon am Telefon machte »Am Mikro Ihr Frank« einen äußerst munteren Eindruck. Er erklärte mir auf das genaueste den Weg zu seinem Studio: »Mit dem Fahrstuhl in die sechste Etage, die letzte Treppe zu Fuß, fragen Sie ›den Bernd‹ nach mir, wir freuen uns auf Sie!«

Ich nahm den Fahrstuhl bis zur sechsten Etage und die letzte Treppe zu Fuß, stand plötzlich in einem lila angepinselten Flur und konnte gleich die Feststellung machen, daß die Bemerkung »Wir freuen uns auf Sie« zumindest »den Bernd« ausschloß. Er kam mir müden Schrittes entgegengeschlappt, hob mit Mühe die Augendeckel ein wenig an und schenkte mir einen angeödeten Blick. Ich fragte nach Frank. Ohne der angekündigten Freude, mich zu sehen, in irgendeiner Weise Ausdruck zu verleihen, stieß Bernd die Tür zum Studio auf und bedeutete mir mit dem Kinn, einzutreten. Ich befand mich direkt im Herzen von »Hallo, Ihr Stadtradio«, sah mich scheu um, betrachtete Mischpult und Mikro, die Plakate an der Wand (»Jetzt geht die Post ab – mit Ihrem Stadtradio«), trat schließlich ans Fenster und starrte auf die Fenster des gegenüberliegenden Bürohauses. Nichts geschah. »Ich bin der Bernd« war gegangen, »Hallo, Ihr Frank« tauchte nicht auf.

Plötzlich erschien ein Minirock und fragte mich, ob ich Frau Schnief sei, die Dame vom Hundeasyl? Ich verneinte heftig, woraufhin sich der Minirock augenblicklich zurückzog. Die Zeit verging. Ich betrachtete wieder das Mischpult, das Mikro und die Plakate an der Wand...

Endlich kam »Hallo, Ihr Frank« hereingetrabt. Er war wesentlich munterer als »Ich bin der Bernd«, begrüßte mich voller Elan, brachte auch die angekündigte Freude über mein Erscheinen in seinem Studio zum Ausdruck und bat mich, Platz zu nehmen. Ohne Zeit zu verlieren, begann er emsig tätig zu werden.

»Meiner Frau hat Ihr Buch so gut gefallen«, teilte er mir mit, um die Stimmung aufzulockern. »Ulla hat mich förmlich gezwungen, Sie einzuladen!«

»Wie nett!« sagte ich.

»Leider hatte ich selbst keine Zeit, hineinzuschauen, aber gestern abend, als die Kinder im Bett waren, hat meine Frau mir daraus vorgelesen, wir haben lange nicht mehr so gelacht... ich meine gemeinsam.«

»Das freut mich für Sie!« sagte ich.

Nach diesem kleinen Talk kam Frank zur Sache. Er betrachtete mich nachdenklich. »Ja also, wie machen wir das denn nun am gescheitesten?«

»Ich weiß nicht«, sagte ich und mußte an Frau Meise denken. Aber im Gegensatz zu ihr hatte »Hallo, Ihr Frank« ein Konzept.

»Ich frag' Sie gleich einfach mal was zu sich selbst, Ihrer Schreibe und Ihrem Leben, und Sie antworten dann so frisch und frei wie nur möglich, so, als ob wir uns irgendwo auf 'ner Party getroffen hätten!«

»Okay!« antwortete ich.

»Zuerst machen wir aber etwas Musik, haben Sie einen besonderen Wunsch?«

Ich sagte, daß ich mich in der Musikszene nicht so gut auskenne, er solle halt irgend etwas auflegen. Frank betrachtete sinnend sein Musikregal. »Ha, hier haben wir doch was«, rief er freudig erregt. »Passen Sie auf, das gefällt Ihnen!«

»Neue Männer braucht das Land«, erklang. Frank lehnte sich entspannt in seinem Stuhl zurück und grinste mich vielsagend an. Ich grinste zurück.

Sehr gekonnt in die Musik hinein plauderte Frank dann ein wenig vom heutigen Treff mit Lis Beth, der Autorin des Buches »Briefe einer verhinderten Emanze«, und nahm mich dann unerwartet ins Verhör. »Frau Beth, sind Sie auch der Meinung, daß das Land neue Männer braucht?« Ich zuckte zusammen.

»Tja, also ich würde sagen...«

Die Tür öffnete sich. »Ich bin der Bernd« schlich herein, hob seine Augendeckel und formte mühevoll seine Botschaft. »He du, Frank, ich brauch' mal die Bänder vom Trapp!«

»He du Frank« drückte die Stop-Taste. »Mensch Bernd, du Pfeife, wir sind mitten im Inter!«

Weder die »Pfeife« noch das »Inter«, in das er hineingeschlappt war, lösten in Bernd irgendwelche Gemütsbewegungen aus. »Ich kann die Bänder vom Trapp nicht finden«, wiederholte er und musterte das Kassettenregal mit müdem Blick.

»Ja hier sind sie *nicht*«, teilte Frank ihm mit. »Frag den Hannes!«

Bernd gelang es mit einiger Mühe, dieses Info entgegenzunehmen, sich umzudrehen und das Studio zu verlassen, derweil Frank mich entschuldigend angrinste. »Hier ist heute der Teufel los«, erklärte er mir. Ich dachte, daß sich »der Bernd« selbst vom Teufel nicht allzusehr hetzen ließ, beneidete ihn um seinen Job und überlegte, ob man, um beim Stadtradio zu landen, wohl über irgendwelche Qualifikationen verfügen muß, die über die Fähigkeit, die Augendeckel leicht anheben zu können, hinausreichen.

Wir wiederholten unseren Einstieg in die Sendung. »Neue Männer braucht das Land... hier Welle 13, das Stadtradio, am Mikro Ihr Frank. Unser heutiger Gast im Studio: die Autorin Lis Beth. Frau Beth, sind Sie ebenfalls der Meinung, daß das Land neue Männer braucht?«

Inzwischen war »der Bernd« nicht untätig gewesen. Er war »zum Hannes« geschlappt und hatte dort erfahren, daß dieser die Bänder überhaupt noch nie gesehen, geschweige denn bei sich aufbewahrt habe. Dies teilte er uns geduldig mit, als ich gerade damit begonnen hatte, meiner Meinung, daß das Land sehr wohl neue Männer brauche, Ausdruck zu verleihen.

»Der Bernd« ließ die Verwünschungen »vom Frank« ungerührt über sich ergehen und teilte diesem dann mit, daß das mit den verschwundenen Bändern echt beschissen sei, da diese in zehn Minuten zur Sendung gebraucht würden. Diese Mitteilung brachte Frank dazu, aufzuspringen und, »den Bernd« vor sich herschubsend, sein Studio zu verlassen. »Unser heutiger Studiogast« blieb zurück, betrachtete das Mischpult, das Mikrophon und die Plakate an der Wand. Der Minirock von eben erschien, um sich erneut zu vergewissern, daß ich nicht Frau Schnief vom Hundeasyl sei... Die Zeit verging, draußen dämmerte es bereits.

Endlich kam Frank zurück. Er entschuldigte sich wortreich und erwähnte nochmals den Teufel, der gerade heute beim Stadtradio los sei. Ich lächelte so verzeihend wie möglich.

»Neue Männer...« erklang zum drittenmal, Frank stellte das Stadtradio, sich selbst »am Mikro« und unseren »heutigen Studiogast« vor und stellte zum drittenmal die Frage an Lis Beth, ob sie denn nun der Ansicht sei, daß das Land neue Männer brauche. Ich antwortete, daß ich das eigentlich nicht fände, vor allem an der jüngeren Generation gefiele mir, daß sie nicht mehr so perfektionistisch, karrierebewußt und arbeitsbesessen sei wie ihre Väter. Frank nickte mir hochzufrieden zu und legte die Zwischenmusik auf. »Männer weinen heimlich...« Ja, das war mir auch schon aufgefallen! Ich lehnte mich entspannt zurück und überlegte, was Ulla jetzt wohl gerade zu Hause tat, derweil sich ihr Ehemann Frank seinem aufreibenden Job beim Stadtradio hingab. Dann beantwortete ich die Frage, wie ich zum Schreiben gekommen sei und ob mir dies mehr Spaß mache, als beispielsweise einen Haushalt zu führen.

»Hallo, Ihr Frank« und ich brachten unser Gespräch schließlich ohne weitere Störung hinter uns und verabschiedeten uns freundschaftlich voneinander. »Das Gespräch hat Spaß gemacht«, teilte Frank mir abschließend mit. »Das wird 'ne prima Sendung! Honorar gibt's bei uns nicht, aber Sie haben ja den Werbeeffekt für Ihr Buch. Sie werden sehen, die Absatzzahlen werden sprunghaft ansteigen. Den Mitschnitt senden wir Ihnen zu...«

Was sprunghaft angestiegen ist, ist mein Blutdruck. Mit pochenden Schläfen,

Lisbeth

»Haus Benno«
Zwischen den Jahren

Liebe Paula,
Gott sei Dank, daß Weihnachten vorbei ist!!!

Irgendwie hatte ich in diesem Jahr (zu meiner eigenen Verwunderung) keine Lust, ich meine auf das ganze Drum und Dran, Tannenbaum, »Gans am Ersten« und »Weinkrampf am Zweiten« und Päckchen hin und Päckchen her... Am liebsten hätte ich die gesamten Feiertage irgendwo in einem stillen Eckchen verbracht, vertieft in Rezensionen und Bestsellerlisten, und hätte über einen neuen Roman nachgedacht oder mit Dir und/oder den *frau & press*-Damen in einer Kneipe gehockt und über Bücher gequatscht. Zum erstenmal verstand ich auch, was seit Jahren in Benno wühlt, der ja die Feiertage ebenfalls als unangenehme Unterbrechung seines Büroalltags betrachtet und sie als solche am liebsten ausfallen ließe.

Aber ebenso wie Benno beugte ich mich der Tradition und drehte mich im altvertrauten Rad der Rituale, und natürlich gab es den Baum und die Päckchen und die Gans am Ersten... und alles, außer dem Weinkrampf am Zweiten (und meiner ganz und gar unweihnachtlichen Stimmung), war eigentlich wie immer...

Die »Kinder« fuhren bereits am zweiten Feiertag in ihre Skiorte, Mary startete in Richtung USA und Änne Richtung Tegernsee, und Benno und ich blieben zurück und kollerten so durch das Haus wie zwei übriggebliebene Erbsen in einer viel zu großen Tüte. Und Benno fragte mehrmals, warum ich eigentlich so schweigsam sei...

Liebe Paula, hast Du Erfahrung mit Identitätskrisen? Nein, ich meine jetzt nicht jenen bekannten Fall aus dem Krimi, wo jemand eines Morgens aufwacht und sich plötzlich nicht mehr an seinen Namen erinnert und die eigene Ehefrau mit dem Radiowecker verwechselt – ich meine jene Abart der Krise, wo eine Frau nach fünfundzwanzig Jahren Ehe zum erstenmal allein eine Reise macht und eigentlich ganz froh ist, nach Hause zurückkehren zu können, und dann ihr Haus und ihre Familie zwar wiedererkennt, sich aber nicht mehr an die Gefühle erinnert, die sie einst mit diesem Ort verbunden haben. Ich fühlte mich in den letzten Tagen wie eine

Schauspielerin, die den Text vergessen hat und auf das Stichwort »Was gibt's denn heute zu Mittag« zerstreut »Ich weiß nicht« sagt, anstatt rollengemäß mit »Ratet mal« zu antworten und mit vielsagendem Lächeln den Topfdeckel zu lüften. Meine Mitspieler reagierten etwas verwirrt, denn *sie* spielten ihre Rolle und lieferten die Stichworte unserer Familienendlosserie, und nicht eines hatten sie vergessen... Sogar Frau Schweizer, meine Nachbarin zur Linken, spielte ihren Part: Sie stellte mir wie stets am 4. Advent ein Dessert-tellerchen auf die Matte, das mit einem Sortiment Weihnachtsplätzchen und einem Tannenzweig dekoriert war. Ich hob den Teller auf und betrachtete ihn irritiert, bis Änne, die gerade da war, mir auf die Sprünge half und mich an *meinen* Part in der bereits endlos wiederholten Szene »gute Nachbarschaft« erinnerte. Und so ging ich in die Küche und schichtete zwei Stück Torte auf ein Tablett und dekorierte es mit einem Kärtchen und trug es zum Nachbarhaus. Doch als ich »meine gute Gabe« gerade ganz leise, ganz heimlich auf die Matte stellen wollte, da riß Frau Schweizer – »Nein, welche Überraschung!!!« – die Tür auf, wobei sie offenließ, ob besagte Überraschung durch den Kuchen oder durch meine selten gewordene Anwesenheit hervorgerufen worden war.

Sie schüttelte mir die Hand und bedankte sich überschwenglich, meinte, wie sehr sie sich freue, mich zu sehen, empfand mein Äußeres jedoch als ziemlich angegriffen, was ja kein Wunder sei bei dem Streß, den ich mir – »Warum eigentlich? Das haben Sie doch gar nicht nötig!« – neuerdings aufbürde.

Dann wechselte sie Ton und Thema. Durch meine lange Abwesenheit total ausgehungert, erging sie sich in »Heckenweggesprächen« und beleuchtete das Problem der Altpapierabholung, »die in diesem Jahr genau in die Woche vor dem Fest fällt, so daß man jetzt gezwungen ist, den ganzen Weihnachtsmüll bis in den Februar hinein zu Hause zu horten!«, von allen Seiten. Ich hatte das noch gar nicht mitgekriegt, entrüstete mich jedoch wunschgemäß und erging mich in Jammertiraden dahingehend, daß mich diese Regelung ganz besonders tief treffe, da ich Anfang Februar schon wieder auf Tour sei. Dann überlegte ich laut, daß es das Beste sei, den Termin der diesjährigen Altpapierabholung an Benno weiterzuleiten.

»Ach, lassen Sie doch Ihren armen Mann mit dem Kram in Frieden«, blaffte Frau Schweizer mich an. »Stapeln Sie vor der Abreise nur alles ordentlich auf, am besten mit Paketschnur zusammenbinden, bitte *nicht* in einen Karton geben, und dann sagen Sie mir, wo ich es finden kann, ich stell' dann alles für Sie raus.«

»Sehr liebenswürdig«, sagte ich und versuchte mich zu erinnern, wann das Altpapier, das zu Weihnachten anfällt, eigentlich früher immer abgeholt worden war und in welcher Form (Bindfaden oder Pappkarton) ich es auf dem Heckenweg deponiert hatte, aber es wollte mir nicht mehr einfallen. Während ich das Standbein wechselte und tiefer in meinen Pulli kroch und zu frösteln begann, und zwar innen ebenso wie außen, plätscherte Frau Schweizers Gedankenfluß unverdrossen weiter. Sie bewundert, das mußte sie mir ja nun doch einmal sagen, Benno und die große Gelassenheit, mit der er meine ständige Abwesenheit erträgt. Allerdings sieht er auch immer auffallend blaß aus, furchtbar gestreßt... also das würde sie ihrem Mann ja nun doch nicht zumuten, trotz all des Ärgers, den sie zugegebenermaßen ja mit der Sippe hat... andererseits, Ärger gehört halt manchmal dazu, kommt in den besten Familien vor, aber man bleibt doch an seinem Platz, nicht wahr? Bei mir sei es natürlich etwas anderes, wo ich ja jetzt eine berühmte (hahaha) Autorin sei, also sie selbst sei noch nicht dazu gekommen, mein Buch zu lesen, man habe gerade um diese Zeit immer so viel um die Ohren, backen, Einkäufe, Vorweihnachtsputz, Nachweihnachtsputz, dazu ihre Mutter krank, Pflege derselben bei Tag und bei Nacht... aber demnächst in den ruhigen Januarwochen werde sie es lesen, ganz sicher, es sei ja ein großer Erfolg, viel Glück gehabt, denn, unter uns, wer liest denn noch, und *wenn* mal was Gutes unter all dem gedruckten Zeug ist, hat man ja kaum die Chance, es in den überfüllten Läden auch zu finden... Und so weiter und so weiter. Ich war schon zentimeterweise bis zu den Mülltonnen zurückgewichen, ohne daß ich es fertiggebracht hätte, das Abschiedswort anzubringen. »Ja dann, liebe Frau Schweizer...« hob ich etwa zum zehntenmal an, aber Frau Schweizer war noch nicht fertig. Denn den Verbindungsweg, der unsere Gärten trennt, den hat sie – das jetzt nur mal so nebenbei, nicht, daß sie es besonders hervorheben möchte – den ganzen Herbst gefegt, besonders viel Laubabfall in diesem Jahr, das muß ja schließlich *ir-*

gendwer mal beseitigen, Rutschgefahr, wenn da mal einer stürzt, ein ganzes Leben unglücklich... Ihr Mann kennt da nämlich jemanden, den Neffen eines Arbeitskollegen, ein einziges Mal etwas unglücklich ausgerutscht und zack: Wirbelsäulenschaden! Endloser Prozeß, denn wer soll denn jetzt dafür aufkommen, *lebenslänglich*!

»Tschüs, Frau Schweizer«, sagte ich und hatte meine eigene Haustür fast erreicht. Frau Schweizer, den Kuchenteller in der Hand, schob sich unverdrossen nach. Sie wird dann morgen mal vorbeikommen und mir ein paar Ableger bringen, die sie extra für mich aufgehoben hat. In Bioerde einpflanzen, täglich leicht gießen, aber nie zu naß, und ab Mitte Februar wöchentlich einmal düngen, sie nimmt da immer diesen Flüssigdünger... sparsam, nicht so teuer wie Stäbchen, auf Dauer gesehen...

Liebe Pauline, ich komme in der ersten Januarwoche bei Dir vorbei, ich *muß* einfach endlich mit einer »Kollegin« reden, die sich für *meine* Probleme und Themen interessiert. (Flüssigdünger oder Stäbchen?)
Fiebernd vor Ungeduld, Deine Lisbeth

PS: Benno machte den Vorschlag, zwischen den Jahren gemeinsam, »nur so, nur wir beide«, in die Oper zu gehen und hinterher vielleicht noch ins Operncafé, etwas trinken und über die Aufführung sprechen und so. Venedig ist auch wieder im Angebot. Irgendwie komme ich mir wie jenes Kind vor, das nach jahrelangem vergeblichen Dauerquengeln endlich zur Abiturfeier jenen Hund geschenkt kriegt, den es sich zum sechsten Geburtstag gewünscht hat und der dann als erstes gegen die Umzugskartons des Kindes pinkelt, die fertiggepackt im Flur stehen.

PS 2: Beim Durchlesen des Briefes fällt mir auf, daß der Vergleich mit dem verspätet bewilligten Hund hinkt. Ich wollte keinesfalls andeuten, daß es mich gelüstet, gegen das Opernhaus zu pinkeln, dessen Besuch mir nun, nach zwanzigjährigem Dauerquengeln, endlich in Aussicht gestellt wurde. Es ist nur leider etwas ganz Dummes passiert: Der Wunsch ist weg...

IC Rheingold
5. Februar

Liebe Paula,
während draußen die diesig-verregnete Landschaft vorüberrauscht, hier ein Grüßchen von unterwegs: Gott sei Dank, ich bin wieder auf Tour!

Der Abschied fiel mir diesmal leicht, denn an meinem letzten Abend hatten Benno und ich einen heftigen Streit über Geld, bei dem er das vor einigen Wochen so großherzig gemachte Angebot, ich könne meine Lesereise »ruhig« in seinem Wagen unternehmen, wieder zurückzog. Er schlug statt dessen vor, mir doch »jetzt, wo ich Geld habe«, selbst einen Wagen zu kaufen, ein Porsche zum Beispiel sei doch in Bälde sicher drin, denn offensichtlich hätte ich ja nicht vor, mein (im Gegensatz zu ihm!) so leicht verdientes Geld ebenso wie er (!) in den Haushalt zu stecken. Es war eine äußerst unschöne Debatte, und ich dachte, während ich das Abendessen zubereitete, daß ich mich eigentlich *immer* mit Benno über Geld gestritten habe und daß ich dennoch nicht imstande bin, seine Attacken auf *meinen* Geldbeutel ebenso lässig abzuwehren wie er meine auf *seinen*. Diesbezüglich hat er mich immerhin mehr als zwanzig Jahre lang in einem Intensivkurs geschult, ohne daß ich die dort gelehrte Rhetorik heute auch anwenden könnte. Im Grunde habe ich das ganze Thema einfach nur satt, und es muß aufhören *und zwar bald*!!!

Ich ging anschließend lange im Wohnzimmer »spazieren«, derweil Benno mitsamt dem Börsenbericht im Bett verschwunden war, und ich dachte, daß ich niemals für würdig befunden wurde, in Sachen »Kapital« – nein, nicht mitzubestimmen – aber doch wenigstens eingeweiht zu werden (praktischerweise interessiert mich dummes, kleines Frauli so was ja ohnehin nicht) – derweil Benno jeden einzelnen Pfennig, den ich eventuell in der näheren und weiteren Zukunft verdienen *könnte*, im Geiste bereits auf einem seiner Konten deponiert hat, wo er alle Pfennige einzubetonieren pflegt und von wo noch nie ein einziger wieder ans Tageslicht gekommen ist.

Da es mir an Zeit und Sachkenntnis mangelt und ich es nicht gewohnt bin, Käufe, die man *nicht* in Plastiktüten transportieren kann, allein zu tätigen, zögerte ich den Erwerb des Porsches noch eine Weile hinaus und schleppte meinen Koffer statt dessen wieder zum Bahnhof. Im Grunde ist es mir sogar ganz recht so, jetzt, wo ich das Bundesbahnsystem lässig beherrsche und nicht mehr den unbezwingbaren Trieb in mir spüre, jedem Reisenden, der zufällig meinen Weg kreuzt, die Zustimmung abzuringen, daß dieser Zug doch auch bestimmt nach Hannover (und nicht etwa nach Neapel) fährt. Eine Sache, die besonders peinlich ist, wenn man, wie unlängst geschehen, versehentlich denselben Reisenden zweimal fragt, weil man nicht nur nicht Bundesbahnfahren kann, sondern darüber hinaus nach fünfundzwanzig Jahren Heckenwegleben gewisse Schwierigkeiten hat, mehr als fünf Gesichter auseinanderzuhalten.

Sicherlich habe ich mir aber auch sonst einiges erspart, denn mit dem Gefühl im Nacken reisen zu müssen, eventuell *Bennos Wagen* zu schädigen, und allabendlich Bulletins über seinen Zustand herausgeben zu müssen, das ist sicher nicht sehr angenehm. Zudem hatte ich nach unserem gestrigen Disput Grund zu der Annahme, daß Benno sein großherziges Angebot als einmalige Investition ansah, eine Investition, für die er dann lebenslänglich horrende Zinsen einstreichen wollte. Diesbezüglich spüre ich, wie mein Mißtrauen wächst, und ich fürchte, berechtigterweise. Tja, liebste Pauline, das ist ein scheußliches Thema, und es liegt bei Dir sehr weit zurück, aber glaub mir, es ist noch lange nicht aus der Welt, auch wenn die meisten Haus- und Ehesklavinnen sich einfach zu sehr schämen, als daß sie den Mut hätten, darüber zu sprechen.

Eine Stunde später
Soeben hatte ich zu dem oben angesprochenen Problem das passende Erlebnis. In Bielefeld stieg eine unternehmungslustige alte Dame in mein Abteil, die ausschließlich zu ihrem eigenen Vergnügen (und *nicht*, um ihre Enkelkinder zu besuchen!!!) nach Hamburg fuhr und von einem »flotten Rentner« vor meinen Augen »angemacht« wurde. Der Opa hatte sie bereits längere Zeit schweigend gemustert, und was er sah, ließ ihn näher rücken, und die Gedanken, die ihn näher rücken ließen, konnte man ihm förmlich von der Stirn ablesen: »Die Alte stinkt nach Geld!« Mit stark

vergilbtem Charme (»Ich küsse Ihre Hand, Madame«) verwickelte er sie in ein Gespräch, auf das die Dame fröhlich einging.

Sie erzählte ihm, daß sie alleinstehend sei (seine Augen leuchteten auf), daß es ihr finanziell gut gehe (zufriedenes Grunzen), daß sie über eine Wohnung in Wiesbaden und über eine auf Sylt verfügen könne (starke Rötung der Wangen), daß sie bei bester Gesundheit und eigentlich rundherum glücklich sei. Die Dame lehnte sich lächelnd zurück, der Alte beugte sich gierig vor. »Aber *immer* allein!« zischte er ihr mit geradezu beschwörendem Unterton zu. Dann lud er sie (wohl um ihr Glück ins Gigantische zu steigern) in Hamburg zu einem Kaffee (!) ein. Die Dame sagte, daß halt alles seinen Preis habe, sie den Preis des Alleinseinmüssens jedoch gern zahle, da er, gemessen an den Vorteilen, nur gering sei, woraufhin »Ich küsse Ihre Hand, Madame« augenblicklich an Charme einbüßte, schlapp in sich zusammensackte und sich wenig später mit maulig hingeworfenem »Bis später« Richtung Speisewagen davonmachte. Die Dame grinste ihm nach und zwinkerte mir verschwörerisch zu. »Lieber reich und allein als arm und allein!« flüsterte sie.

Ich dachte an Benno und jene »Zweisamkeit«, mit der ich mich – arm und allein – seit fünfundzwanzig Jahren zufriedengeben soll, und zwinkerte zurück.

Liebe Paula, ich danke Dir für die anregenden Stunden in Deinem Laden, obwohl Du mir längst nicht so munter erschienst, wie ich es erwartet hatte. Deine Bemerkung, daß Du es allmählich leid seist, »immer über dieselbe Ladenkasse zu gucken«, hat mich erschreckt und gab mir zu denken, so in Richtung des bekannten Esels, dem es zu wohl war und der sich demzufolge aufs Eis begab. Ich hoffe, daß ich nur in ein vorübergehendes Wintertief geplatzt bin und Du bei meinem nächsten Besuch die – zugegeben – ärgerliche Tatsache, daß es Deinem Exmann nebst Zweitfamilie angeblich so gutgehen soll, gelassener erträgst. Vielleicht solltest Du einmal einen Tag lang bei Sabine zu Gast sein und Deinem alten Leben ein bißchen über die Schulter schauen und das liebe alte Küchenfenster putzen, und schon würde es Dir besser gehen. Möglicherweise beguckt sich ja Sabine Deine so in Ungnade gefallene Ladenkasse mit demselben Neid, woher willst Du das wissen…?

Apropos Neid und Lila Luders hämische Bemerkung, daß sie mein Buch völlig absurd finde und daß es ihretwegen ganz bestimmt nicht hätte gedruckt werden müssen. Bestell ihr doch einen lieben Gruß und beruhige sie dahingehend, daß ich die Briefe ihretwegen ja auch nicht geschrieben habe... so wie sie, als sie an »Weggedörn« arbeitete, ganz sicher nicht an mich dachte. Was den Wert ihrer Gedichte, wie ich meine, jedoch nicht schmälert... Wir sind halt beide schreibende Frauen, und ich glaube nicht, daß es irgendeinen Sinn hat, wenn wir uns gegenseitig mit Dreck bewerfen. Und was meinen »Erfolg« angeht, der ihr offenbar so zu schaffen macht, so möchte ich jenes Zitat an sie weitergeben, das von Jules Renard stammt und das ich mir zu Hause neben das Gewürzregal gepinnt habe. »Jeder Mensch hat Zeiten, wo ihm scheinbar alles gelingt, das braucht aber niemanden zu erschrecken – es geht bald vorüber!« Ich hoffe, diese Tatsache wird sie beruhigen!

Ich bin dabei, mich wieder »zu sammeln« und auf »das Eigentliche« zu konzentrieren. Nach dem Streit gestern abend war ich heute direkt glücklich, wieder auf Tour gehen zu können. Selbst an das Herumhängen in Hotels kann man sich gewöhnen, und die Fußgängerzone in Schrotten wird schließlich doch ein bißchen anders sein als die Fußgängerzone in Brüllstropp. Und mehr »Leben« als der Heckenweg bieten sie allemal.

Von meinem »Erholungsurlaub« zu Hause leicht lädiert, jedoch schon wieder auf dem Wege der Besserung,

Deine Lisbeth

Bebra, Citygrill

Liebe Paula,
hier rasch einen Gruß von einem etwas längeren Zwischenaufenthalt...

Bin noch ein bißchen aufgelöst, denn ich hatte gerade zum erstenmal mit dem berüchtigten Generationskonflikt zu kämpfen, und zwar »konfliktete« ich zum erstenmal nicht nach oben (Richtung Änne), sondern nach unten (Richtung »neue Generation«), was mir, wie ich gestehen muß, doch ziemlich zu denken gibt. Durch die Spätgeburt von Benno II und durch Lils zögerndes Verhalten in Sachen Ehe- und Kinderglück (sprich: für mich verzögertes Omaglück) habe ich den Tag verpaßt, an dem ich endgültig zur mittleren und nicht mehr zur jüngeren Generation gehörte. Und ich muß verdammt aufpassen, damit ich nicht, ohne es zu merken, auf diese säuerlich (neidische) »Nein-diese-jungen-Mütter-heutzutage«-Ebene rutsche, womit ich mich dann endgültig (grauenvoller Gedanke!) auf Ännes Stufe begeben hätte...! Und nun bitte ich Dich ganz im Vertrauen um Deine fortschrittliche Meinung zu folgender Situation:

Ich hatte meine Sachen hier im Citygrill gerade am hintersten Ecktischchen ausgebreitet, um die Stunde vor der Weiterfahrt mit Essen und Schreiben nützlich zu verbringen, fühlte mich gerade so recht entspannt und freute mich, in dem ziemlich überfüllten Laden noch das stille Eckchen erwischt zu haben, da öffnet sich die Tür und es erscheint »die junge Familie«. Sie (bereits ein wenig gestrig) im Flatterkleid, mit Flatterhaaren und Stirnband, er in Beutelhosen mit Häkelwestchen, das Haar, das ihm vorne fehlt, hinten zum Schwänzchen gebunden. Sie trägt über dem Flatterkleid einen offenen Poncho, er hat über sein Häkelwestchen ein gewebtes Tuch geworfen. Sie lächeln, wie mir scheint, eine Spur zu weihevoll, um nicht zu sagen »biblisch« ins Rund, sehen sich suchend um, steuern den gerade freiwerdenden Nebentisch an und entscheiden sich dann anders. Er deutet mit dem Kopf in meine Richtung, sie nickt, beide kommen auf mich zu und lassen sich, keine zehn Zentimeter von mir entfernt, auf der Eckbank nieder. Sie bestellt einen Hagebutten-, er einen Pfefferminztee, und während ich sie mir noch ein wenig unschlüssig betrachte, höre ich plötzlich ein quäkendes Geräusch und stelle zu meinem (nein nicht freudigen!) Erstaunen fest, daß das quäkende Geräusch aus dem gewebten Lappen kommt, den »Josef« um Hals und Schulter geworfen hat. Als ob ich es nicht geahnt hätte, reißt »Maria« sich daraufhin die Bluse auf und legt das Kindlein an. Die Kellnerin erscheint und bringt mir mein Schnitzel, und während ich mich mitsamt dem Teller in die hinterste Ecke des Tisches verdrücke, breitet »Josef« neben mir auf der Bank eine Decke aus, und »Maria« nimmt den Säugling von der Brust und beginnt ihn von seinen Windeln zu befreien, die sie, in eine Tüte gestopft, lässig unter die Bank gleiten läßt. Sodann räumt »Josef« Decke und Cremetopf zurück in seinen Beutel, und »Maria« knöpft schon wieder an ihrer Bluse herum, obwohl das Kind durchaus gesättigt erscheint, denn sie muß es erst mehrmals anstupsen, damit es widerwillig das Mäulchen öffnet und zu nuckeln beginnt. Und »Josef« sitzt da und guckt mit beifallheischendem Lächeln im Lokal herum und bedauert sichtlich, keine eigene Brust zu haben, die er jetzt aus dem Häkeljäckchen holen und uns allen präsentieren könnte, und »Maria« neigt den Kopf und wirft mir sanfte Lächelblicke zu, die ich verkrampft erwidere.

Ich muß schon zugeben, daß ich sehr erleichtert war, als sich »Maria« endlich die Bluse schloß und »Josef« den Winzling, kunstgerecht gegen das Häkelwestchen gelehnt, »Bäuerchen« machen ließ, ehe sie langsamen Schrittes abschoben. Und ich sah ihnen so nach und schämte mich bei dem Gedanken, daß mir diese Form der »neuen Väterlichkeit« eigentlich ebensowenig gefällt wie die alte.

Dafür gefällt mir eine neue Art von Frauencafé. Paula, solltest du Anregungen für Deinen Frauen-Lit-Laden suchen, dann komm nach Meingau und sieh Dir das »Mother Smith« an.

Die Leiterin dieses Ladens hatte mich irgendwann vor Weihnachten angerufen und mich gefragt, ob ich wohl »dieses eine Mal« bereit sei, auch für die Hälfte des sonst üblichen Honorars zu lesen, »aus Solidarität«, wie sie erklärend hinzufügte. Sie hätten nämlich gerade mich so furchtbar gern mal zu Gast, aber sie bekämen leider nur sehr wenig Zuschüsse für ihr Projekt, so daß sie mich bitten müßten, die Reisekosten selbst zu übernehmen, so sehr weit sei es ja nicht, und für die Übernachtung würden sie dann aufkommen. Ich sagte (aus Solidarität) zu, und Benno, der das Gespräch mitangehört hatte, schüttelte indigniert den Kopf und stellte fest, daß noch nie jemand auf die absurde Idee gekommen sei, die »Deterich Werke & Partner« zu bitten, irgend etwas aus Solidarität zu tun, und daß sie morgen den Laden schließen könnten, wenn sie auch nur im Traum daran dächten. »Du wirst niemals kapieren, um was es geht«, fügte er abschließend hinzu. Ich bemerkte, daß sich meine »Firma« (zum Glück! wie ich betonte) gravierend von den »Deterich Werken & Partner« unterscheide, und er antwortete, daß man das erstens merken könne und ich zweitens noch mal an seine Worte denken würde.

Ich dachte schon im Zug an seine Worte, denn die Fahrt war zwar nicht sehr weit, aber dafür entsetzlich »umständlich« in des Wortes eigentlicher Bedeutung, und als ich endlich in Bebra ankam, hörte ich, daß ich mit dem Bus weiterfahren müsse und für das letzte Stück dann am besten ein Taxi nähme. Und das Ganze dauerte weit länger und war weit kostspieliger als gedacht, und der schöne Gedanke der Solidarität wich dem unschönen Gefühl des Auf-den-Leim-gegangen-Seins.

Das Hotelchen war dann natürlich eins von der ganz einfachen Sorte, und zwar »Marke: trostlos« und nicht »Marke: einfach, aber nett«, was es auch gibt, doch im Zimmer erwartete mich ein Willkommensgruß mit der tröstlichen Ankündigung, daß man mich am Abend im Hotelchen abholen und zum Café geleiten würde.

Als ich Ella sah, war ich äußerst überrascht, denn es war keine Frau Ende Zwanzig, sondern eine »flotte Fuffzigerin«, die mich lachend begrüßte und mir sagte, daß sie Logopädin sei und das Frauencafé zusammen mit ihrer Freundin Heide eröffnet habe, just in jenem Jahr, in dem man in Meingau den achtzehnten Sportverein gegründet hatte. Heide war Ende Vierzig, und sie zeigten mir das Café, das urgemütlich und trotzdem zweckgerecht eingerichtet war und weder etwas von »Großmütterchens Nostalgiestube« hatte noch allzusehr nach den »Zuschüssen, die wir zwar beantragt, aber noch nicht bekommen haben«, roch.

Ella erzählte dann, daß sie am Ort auch eine Krabbelstube und einen Frauenkreis hätten, aber weder die Krabbelstube noch der Frauenkreis seien richtig angenommen worden. Die Krabbelstube sei halt nur so lange interessant, wie man selbst etwas zum Krabbeln beizutragen hätte, und der Frauenkreis sei leider »mehr so kirchlich« orientiert, und weder sie noch Heide hätten Lust, in friedlicher Runde zu sitzen und Adventsgestecke oder »etwas

Hübsches für unseren Basar« zu basteln, derweil vorher und nachher gesungen würde und alle so täten, als ob sie keinerlei Probleme hätten und mit Ehe, Kindern und Verwandtschaft alles in schönster, nein in geradezu *beneidenswerter* Ordnung wäre.

»Frauen ab vierzig«, erzählte Ella weiter, »die aus dem Krabbelstubenalter heraus sind und der Basarbastelei nichts abgewinnen können, konnten hier bei uns auf dem Dorf eigentlich nur in der örtlichen Gymnastikhalle den Rumpf beugen oder im Chor singen (mit anschließendem Alles-in-Ordnung-Plausch) oder sich wie eh und je ins örtliche Café flüchten und über einem Himbeertörtchen ein wenig ratschen.« Deshalb sei das »Mother Smith« für alle die gedacht, die einen Ort suchten, wo sie sich mit Gleichgesinnten treffen und ihre Probleme besprechen könnten, sofern es ihnen nicht gelungen war, sich dieselben »von der Seele zu singen« oder dauerhaft hinter immenser Schaffenskraft und verkrampftem Alles-in-schönster-Ordnung-Lächeln zu verbergen.

Das Café füllte sich dann rasch mit Frauen aller Altersstufen, und zwar von »Krabbelstube« bis hin zu »grauer Panther«, und es gab nach der Lesung eine hitzige Diskussion bis kurz vor Mitternacht, geführt von engagierten Frauen, die, um Ella zu zitieren, das »Häschen in der Grube«-Leben satt hatten.

Es war mir übrigens gelungen, auch zwei männliche Hörer anzulocken, die allerdings, wie ich leider zugeben muß, beide nicht ganz freiwillig gekommen waren. Es handelte sich um den Mann von der Presse (»Entschuldigen Sie, wie hieß Ihr Buch noch?«) und den örtlichen Buchhändler, Herrn Knick. Herr Knick war ein flotter Naturburschentyp. Er amüsierte sich königlich und spendete mir zweimal Saalapplaus, wobei er mir so bestätigend zunickte, daß mir der Verdacht kam, es gebe vielleicht eine Frau Knick, die den Laden führe, derweil sich ihr Ehemann dem Geschäft der Haushaltsführung hingab... aber als wir nach der Lesung miteinander ins Gespräch kamen, versicherte er mir glaubhaft, daß er Junggeselle sei und ihm jedes meiner Worte die Bestätigung dafür gegeben habe, wie gut es sei, daß er das mit der Zweisamkeit lieber gelassen habe. Zumindest was die menschliche Zweisamkeit betreffe, denn, wie er mir vertraulich mitteilte, mit seiner Boxerhündin Senta komme er prächtig aus und genieße das

Zusammenleben täglich aufs neue. »Senta freut sich rückhaltlos, wenn ich abends nach Hause komme, ja, je später ich komme, um so freudiger winselt sie! Sie quengelt mich weder wegen neuer Kleider noch wegen einer neuen Couchgarnitur an, und wenn wir sonntags spazierengehen, dann forscht sie nicht mit bohrender Stimme nach, wo ich Samstag abend eigentlich so lange war, sondern genießt ganz einfach die schöne Wanderung als solche, und wenn sie einem Stöckchen nachjagen darf, dann ist ihr Glück vollkommen. Das Beste«, fuhr Herr Knick fort, »kommt aber noch: Obwohl ich nämlich Sentas Mutter seit Jahren kenne und sie im selben Ort wohnt wie wir, würde sie nie auf die Idee kommen, uns einfach zu besuchen. Nicht mal zu Weihnachten!« fügte er hochzufrieden hinzu.

Ich erwiderte, daß ich seine Einstellung in Ordnung fände, gut nachempfinden könne und weiterempfehlen würde, denn immerhin sei es weit ehrlicher, sich gleich für Senta zu entscheiden, anstatt erst Heidemarie zu heiraten und dann den Versuch zu unternehmen, aus Heidemarie Senta zu machen. »Was für beide Teile unbefriedigend ist, denn es wird Ihnen niemals gelingen, Heidemarie davon abzubringen, bohrende Fragen zu stellen«, fügte ich hinzu. »Auch ist nicht zu hoffen, daß ihr Glück bereits vollkommen ist, wenn sie sonntags einem Stöckchen nachjagen darf, von freudigem Gewinsel, wenn Sie später als gewöhnlich nach Hause kommen, ganz zu schweigen.«

»Stimmt genau!« sagte Herr Knick und starrte einen Augenblick nachdenklich-bekümmert vor sich hin.

Vierzehn Uhr! Ich muß meinem Zug nachjagen! Mit freudigem Gebell,

Lisbeth

Braunstehle, Leihbücherei
Zwei Tage später

Liebe Paula,
diesmal habe ich Glück gehabt, denn die Bücherei, in der die heutige Lesung stattfinden wird, liegt dem Cityhotel direkt vis-à-vis,

und ich habe es mir in der hintersten Leseecke schon mal gemütlich gemacht, um endlich einmal jenes Thema anzuschneiden, das mir schon seit längerem auf der Seele brennt: Es geht um das »Sichgemütlichmachen« auf Reisen...

Bei unserem letzten Treff hast Du mir gestanden, wie sehr Du mich inzwischen beneidest, weil ich neuerdings so viel rumkomme, derweil Du »immer durch dieselbe Ladenscheibe glotzen mußt«. Und als ich Dir sagte, daß das Rumkommen zwischen Stetten und Brüllstropp so erlebnisreich nun auch wieder nicht ist, da gucktest Du mich wehmütig an und sagtest, daß das Hotelzimmer zu Brüllstropp dann aber sicher der geeignete Ort sei, endlich einmal einen ganzen Nachmittag »gemütlich« im Bett zu verbringen, um, beispielsweise, »Bahajama« zu lesen, eines jener Bücher, die »schon wichtig«, aber leider so schrecklich langweilig sind. Und nun will ich Dir gestehen, daß ich Dich auch beneide, nämlich um die Tatsache, daß Du »Bahajama« vielleicht nicht gerade am Nachmittag, dafür aber dann abends beim Schein einer wunderbar hellen, blendfreien Halogenlampe lesen kannst. Und zwar ohne daß Dir nach dem ersten Absatz die Augen weh tun und ohne daß Du in die Lampe hineinkriechen oder selbige in der Hand balancieren mußt, um einen müden Lichtkringel von zwanzig Zentimetern Durchmesser über die Zeilen zu führen! So wie es von mir verlangt wird, wenn ich auf die vermessene Idee komme, im Bett zu lesen, um einen unendlich öden Hotelnachmittag irgendwie hinter mich zu bringen. Und an diesem Punkt angelangt, kommt mir wieder jene Frage hoch, die ich endlich einmal an alle Hoteliers dieses Landes richten möchte, und zwar an die vom »Vierjahreszeiten« ebenso wie an die von der »Krummen Ecke«.

Die Frage lautet: Warum zum Teufel wollen Sie um jeden Preis verhindern, daß der geschätzte Gast in einem Ihrer Zimmer *liest*? Schließlich ist dies doch mit Sicherheit jene Beschäftigung, die am wenigsten Lärm, Dreck und Ärger macht. Ein Buch ist leicht im Zimmer zu »halten«, es bellt nicht, krümelt nicht, schmiert nicht, stinkt und piepst nicht, und der Hotelgast ist lesend auf seinem Bett ausgestreckt doch am allerpflegeleichtesten untergebracht. Was hat der Chef des Hauses dagegen, wo er dem geschätzten Gast doch sonst (fast) alles erlaubt? Dieser darf, wenn ihm danach ist, dauerduschen, dauerfönen, dauerfernsehen, die Minibar leeren und anschließend im Zimmer herumtorkeln, mit seinen Nachbarn wie auch immer kontakten, sich an der Grillbude gegenüber Currywurst kaufen, diese mit aufs Zimmer nehmen und, Fettpapier produzierend, alles einsauen, er kann am Radiowecker herumspielen, bis selbiger nicht mehr funktioniert, ja er könnte sich sogar das Leben nehmen, ohne daß ihn irgendwer daran zu hindern suchte, nur *lesen* soll er nicht!!!

Und da ich schon einmal dabei bin, will ich Dir jene Situation schildern, die Dir angeblich so beneidenswert erscheint: Du kommst recht früh in, sagen wir, Bracken an. Das Zimmer ist (wenn Du Glück hast) gegen elf Uhr bereit, Du kannst hineingehen und Deine Kleider in den Schrank hängen, was allerhöchstens zehn Minuten dauert, und dann könntest Du Dich vielleicht mitten am Tag unter die Dusche stellen, bei dieser Gelegenheit auch gleich Dein Haar waschen und anschließend wieder trockenfönen. Dann ist es (gottlob!) Zeit für »den Spaziergang«: Straße rauf, Straße runter... und dann ißt Du ein Häppchen und schleichst Dich in Dein Zimmer zurück, das öde und gelbstichig-fahl auf Dich wartet. Du ziehst die Vorhänge zu und legst Dich ins Bett, und wenn Du Glück hast, kannst Du tatsächlich ein bißchen schlafen, und wenn Du aufwachst, ist es drei Uhr, und jetzt hättest Du eigentlich die Muße, Dich in »Bahajama« zu vertiefen oder einen Brief an Paula zu schreiben oder endlich mal »Kultur heute« zu studieren, diese Zeitschrift, die eigentlich »ein Muß«, aber leider auch so schrecklich langweilig ist! Und jetzt kommt das Aha-Erlebnis: Du knipst das Licht an, und von der Decke funzelt dieses 15-Watt-Birnchen hinter geriffeltem Milchglas, und die Bettbeleuchtung besteht diesmal aus einer gelben Neonlampe, die sie geschickt hinter einer breiten Holzblende angebracht haben, auf daß sie die Wand hinter dem Bett sanft bestrahle. In gewissen »Stilzimmern« besteht die Bettbeleuchtung auch gerne aus einem zierlich auf drei güldenen Fliegenbeinchen wackelnden Lämpchen mit gefälteltem Schirm, und diesmal taucht ein rötlicher Lichtkreis von circa zwanzig Zentimetern Durchmesser die Nachttischplatte in »erotisches« Licht. Am Schreibtisch erwartet Dich wahlweise dieselbe gefältelte Fliegenbeinlampe oder aber ein Wandlämpchen, dessen Birne wieder schamhaft versteckt ist, diesmal hinter einer »Tüte« aus den fünfziger Jahren, und das einzige, das bestrahlt wird, ist das Innere der Tüte und ein Halbkreis Tapete oberhalb derselben. Dafür hat man einen Tele mit Fernbedienung!

Der Tele blockiert den Schreibtisch oder thront über der Minibar und bildet mit dieser eine so heimelige Kombination von eisgekühltem Champus, Erdnußtütchen und »Drei Kinder vom Ponyhof« im Ersten (wahlweise »Muppet Babys« im Zweiten), daß der Anspruch, der geschätzte Gast möge sich doch bitte ganz wie zu Hause fühlen, auf das Idealste erfüllt scheint. Und dann kommt plötzlich an einem ganz gewöhnlichen Februartag ein Gast von der ganz, ganz exklusiven Sorte daher, einer jener Gäste, deren Gehirne Wünsche von geradezu perverser Ausgefallenheit produzieren, Wünsche, mit denen sie selbst den geduldigsten Hotelchef in den Wahnsinn zu treiben gedenken.

Dieser Gast ignoriert die hoteleigene Sauna, das Hallenbad, den Grillroom und den Spielsalon, er geht an der Tür zum Fitneßcenter blicklos vorbei und ist nicht einmal geneigt, sich mit Hilfe der Kombination »Erdnußtütchen-Ponyhof« im Hotelzimmer »wie zu Hause« zu fühlen, weil er nämlich ausgerechnet hier, ausgerechnet im »Weißen Hahn« in Bracken »Kultur heute« konsumieren, ja, weil er im Bett liegen und *lesen* will.

Ein einziges Mal, es war in einem Schuppen der ganz feinen Sorte, der seinen Gästen wirklich alles zu bieten gewillt war und dessen Einrichtung auch den verwöhntesten Gast zufriedenstellen sollte (Fliegenbeinlampe und reihenweise Wandtüten: »Sollten Sie einen besonderen Wunsch haben, so melden Sie diesen bitte an der Rezeption!«), kam ich der Bitte nach und tat mein Verlangen nach einer Leselampe kund. Der diensthabende Portier starrte mich fassungslos an.

»Ist eine der Leuchten in Ihrem Zimmer defekt?« fragte er.

»Nein«, sagte ich, »das Licht reicht nur nicht aus! Ich möchte lesen.«

Er verwies mich in die Halle, in deren gemütlichen Sesseln man ausgezeichnet lesen könne, die Weltpresse läge aus.

»Ich möchte aber lieber im Zimmer, äh, im Bett lesen!« teilte ich ihm mit diskret gesenkter Stimme mit.

»Sie möchten – im Bett – *lesen*?« fragte er, seinen Ohren nicht recht trauend, jedoch ebenso diskret-verhalten zurück.

Nach einer Minute fassungslosen Schweigens bat er mich, einen Augenblick zu warten, und zog sich in den Bauch des Hotels zurück. Dort trug er dem Chef persönlich meinen Wunsch vor.

»Eine Dame – alleinreisend –, Sie verstehen, möchte bei uns... im Zimmer... äh, im Bett, *lesen*!«

Der Chef hört sich den im Flüsterton vorgetragenen Wunsch mit gesenktem Kopf und geröteten Ohren an. Er überlegt, ob man dem – schon leicht ans Perverse grenzenden – Sonderwunsch dieser alleinreisenden Dame eventuell nachkommen, dies eine Mal vielleicht doch eine Ausnahme machen sollte... und entscheidet sich dann anders. Nein! Man kennt die Dame nicht, möglicherweise gibt sie den Tip weiter: Im »Weißen Hahn« zu Bracken, pssst... dürfe man heimlich, sozusagen im Bett... *lesen*!!! Man müsse seine Wünsche nur an der Rezeption vortragen, diskret selbstverständlich...

Und die Nachricht zieht dann Kreise und weitere Leser begehren Quartier, und es kommen überhaupt nur noch Gäste, die im Bett lesen wollen, und man gerät in Verruf... Also Gast hin, Extrawunsch her, es gibt ja doch gewisse Grenzen des guten Geschmacks, und solange *er* diesem Hause vorsteht, einem Haus, dessen Ruf unantastbar ist, wird in den Zimmern *nicht gelesen*!

Ich habe derweil mit klopfendem Herzen gewartet, jetzt erscheint der Portier und deutet mit gesenktem Blick und unmerklicher Kopfbewegung das *Nein* an. Vorbei!

Also schickt man sich klaglos in die Situation, trägt »Bahajama« und »Kultur heute« ins nächste Café, in einen dieser schrecklichen Kuchentempel, in denen an jedem der kleinen Tische eine einzelne Matrone sitzt und bulldoggengesichtig vor sich hinstarrt, als ob sie mit der ganzen Welt verzankt sei. Links hinten, neben dem Kleiderständer, sitzt wieder der Vertreter, der auch nicht weiß, wo er hinsoll, und sich voller Gram hinter der Zeitung versteckt, und die Serviererin hat, wie überall, so was unangenehm Übersüßes im Tonfall, das muß von dem ständigen Umgang mit Nougatcreme und Himbeersahne kommen... Und Dir wird auf einmal so traurig zumute, und Du trinkst hastig Deinen Kaffee und zahlst und trägst »Kultur heute« und »Bahajama« zurück in den »Weißen Hahn«, und im Zimmer versuchst Du mit der Verzweiflung einer Ertrinkenden den gefältelten Schirm von der Goldbeinchenlampe zu montieren, um »an die Quelle« zu gelangen (was in den seltensten Fällen gelingt!). Und zum Schluß bist Du von alledem vollends erschöpft und liegst bloß noch so da und switcht per Fernbedienung zwischen »Ponyhof« und »Muppet Babys« hin und her und versuchst mit den Zähnen das Erdnußtütchen zu öffnen, und »Bahajama« liegt wie immer auf dem Nachttisch neben der Lampe mit den Fliegenbeinen.

Ich muß Schluß machen, die Bücherei schließt.

Auf daß Dir der Neid nicht länger Herz und Seele vergifte, nichts für ungut,

Deine Lisbeth

Brettingen
Freitag abend

Liebe Paula,
apropos Neid! Höre, was mir hier »auf der Alb« widerfuhr, und sei (Änne spricht!) »gefälligst dankbar für das, was Du hast«!

Ich war von einem Ring ländlich gelegener Büchereien eingeladen worden, »doch einmal zu ihnen zu kommen«, und das Ganze hörte sich zunächst recht gemütlich an. Ich sollte in der »Blume«, einem kleinen Hotel in Brettingen, für zwei Wochen untergebracht werden und von diesem Quartier ausgehend Abend für Abend »über die Dörfer« fahren. Ein Wagen wurde mir für diese Unternehmungen zur Verfügung gestellt (!), eine kleine Aufmerksamkeit, die mich an sich schon günstig stimmte. Auch stellte ich es mir nett vor, nicht Tag für Tag auf Reisen gehen zu müssen, sondern die Stunden für mich zu haben, das Museum zu besuchen, spazierenzugehen und vielleicht endlich »Bahajama« zu lesen.

Wohlgemut komme ich also vorgestern in Brettingen an. Das Hotel ist recht günstig in der Fußgängerzone gelegen, umgeben von hübsch restaurierten Fachwerkhäusern. Alles mutet so anheimelnd an: Rathaus, Marktplatz, Kirche, »ein Brünnlein vor dem

Tore«! Der Empfang im Hotel ist dann allerdings recht merkwürdig. In der Dämmerung der vollkommen leeren Gaststube erwartet mich ein übelgelaunter ausländischer Wirt mitsamt seiner Muse. *Er* eine arrogante Machotype, *sie* dem hinter dem Tresen hängenden Ölbild, »Carmen«, auf verblüffende Weise ähnlich. Beide betrachten mich wenig erfreut. Ich nenne meinen Namen. Der Macho beginnt äußerst unlustig in seinem Auftragsbuch zu blättern. Er blättert und blättert, die Zeit vergeht. Ich werde ungeduldig. Sofort herrscht er mich an. »Zimmerr nicht ferrtig, warrten!« Ich setze mich gottergeben an das kleine Ecktischchen und überlege, wann »Macho« wohl zuletzt mit einem normalen Hotelgast zu tun gehabt haben mag, es muß lange her sein. Schließlich bestelle ich mir einen Kaffee, krame meinen Block aus der Tasche und beginne zu schreiben. Dies scheint den Wirt zu beunruhigen, er tuschelt eingehend mit Carmen, beide beobachten mich mißtrauisch. Nach einiger Zeit trinke ich einen zweiten Kaffee und räuspere mich. Der Macho deutet dies ganz richtig und weist mich in meine Schranken zurück. »Zimmerr nicht ferrtig, warrten!« Ich fühle mich zunehmend unbehaglich, erhebe mich und teile ihm mit, daß ich noch einmal fortgehen und später wiederkommen würde. Dies nimmt er gnädig zur Kenntnis.

Jetzt schon erschöpft, mache ich mich auf die Suche nach der Bücherei, um die dortige Leiterin Frau Englein zu begrüßen, meine Ankunft zu melden und den Wagen in Empfang zu nehmen. Ein betagter Renault steht auch ganz richtig bereit, Frau Englein hat jedoch ihren freien Nachmittag und ist bereits nach Hause gegangen. Man händigt mir den Wagenschlüssel und die Papiere aus. Ein freundlicher Schwabe weist mich ein. »Jo, dasch is Vollautomatik und Servolenkung, dasch is idiotesicher.« Ich bedanke mich. »Bloß dasch dumme is, dasch der gesamte Innenbezirk von Brettingen für Dauerparker g'sperrt isch. Da müssens halt a Parkplätzle etwas außerhalb suche. Sonscht dürfet Se das Wägle morge früh bei d'r Polizei abhole, und dasch koscht...!« Er grinst mitfühlend. Ich umkurve Brettingen dreimal, doch sämtliche Parkplätze an der Peripherie sind belegt. Schließlich finde ich ein Plätzle oberhalb der Stadt, am halben Hang. Ich stelle die Kiste erleichtert ab und trabe wieder zurück, zur »Blume« hinunter, wobei mir durch den Sinn schießt, daß in Fußgängerzonen gelegene Hotels lange nicht so günstig sind, wie einem anfangs scheint.

In der »Blume« ist man indes nicht nennenswert weitergekommen. An dem Tisch in der Ecke sitzen nun ein paar Ausländer und dreschen Karten, Carmen schürzt verführerisch die Lippen, und der Macho blickt finster drein. Kaum sieht er mich, schnauzt er mich auch schon an. »Zimmerr nicht ferrtig, warrten!« Ich bestelle mir den dritten Kaffee...

Endlich ist es soweit. Gnädig händigt mir Carmen den Schlüssel aus. Zögernd schließe ich die Tür zu meinem Zimmer auf, zögernd trete ich ein.

Welch eine Pracht! Der Raum, dessen schmieriges Fenster auf die abgeblätterte Seitenfront des Nachbarhauses hinausgeht und aus dem mir ein muffiger Essensgeruch entgegenschlägt, präsentiert sich im fahlen Licht der schräg hineinfallenden Wintersonne auf das trostloseste. Der Teppichboden, die Badevorleger und die Gardinen starren vor Dreck. Der Boden der in der Ecke eingebauten Dusche zeigt einen fettigen Belag, auch riecht es durchdringend aus dem Abfluß. Die Wand hinter dem Tisch ist von Fettflekken übersät. Hier haben Familien nicht nur Kaffee gekocht!

Ich öffne den Schrank. Leer, seines Innenlebens gänzlich beraubt, gähnt er mich öde an. Selbst die Kleiderstange hat jemand brauchen können und mitgenommen. So breite ich meine Garderobe zunächst auf dem Bett aus und mache mich auf die Suche nach einem Telefon. Ich rufe die Bücherei an, niemand meldet sich. Als ich zurückkomme, erlebe ich dann ein possierliches Schauspiel: Längs der holzverkleideten Stubendecke, säuberlich von einer Wand zur anderen, rinnt, einem silbrigen Vorhang gleich, das Wasser aus der zweiten Etage in mein Zimmer hinunter und durchtränkt das Fußende des Bettes und meine dort ausgebreitete Garderobe. Ich nähere mich zögernd, der Teppich gibt quietschende Laute von sich, er ist vollgesogen wie ein Schwamm.

Ich haste wieder hinunter, um den Wasserrohrbruch, oder was immer es auch ist, zu melden, aber an derlei Lappalien scheint man in der »Blume« gewöhnt. Niemand zeigt das geringste Interesse. Macho läßt sich nicht blicken, und Carmen hat ohnehin nicht vor, sich weiterhin durch den lästigen Hotelgast in ihrem Nachmittag stören zu lassen. Sie lehnt lässig an der Theke, raucht und läßt sich von den Männern bewundern. Bei meiner etwas atemlos hervorgestoßenen Katastrophenmeldung legt sie lediglich das Händchen auf ihr porzellanfarbenes Dekolleté, reißt wirkungsvoll die Äugelein auf und haucht »Oh!«, derweil die Kerle die Karten sinken lassen und schadenfroh lachen.

»Das Wasser läuft ununterbrochen weiter«, glaube ich die Lage erklären zu müssen.

»Dafür gehen Dusche nicht!« brüllt einer der Kerle. »Schnell ausziehen und drunterstellen.«

»Das war wieder Teddi, meine klein Söhnchen«, erklärt Carmen nun ihren Verehrern. »Ich hundertmal saggen, daß Flußrorr verstopft, er nix kappieren. Hörren gleich auf, wenn Teddi fertig mit Dusche!« setzt sie beruhigend in meine Richtung gewandt hinzu.

Als ich ins Zimmer zurückkehre, ist der Segen von oben tatsächlich versiegt. Ich unterziehe das Fußende des Bettes einer eingehenden Musterung, stelle fest, daß der Lack bereits abgesplittert und das Holz total aufgequollen ist, und denke, daß Teddi offensichtlich recht oft duscht und der Abfluß bereits seit längerem verstopft sein muß. Aus reinem Interesse betätige ich den Hahn der Dusche, kein einziger Tropfen erscheint. Die schadenfrohen Kerle unten in der Gaststube scheinen sich mit den Besonderheiten des Zimmers gut auszukennen. Wahrscheinlich habe ich sie aus ihrem angestammten Quartier vertrieben, so etwas nimmt man übel.

Inzwischen ist es schon dämmerig geworden. Das eine Nachttischlämpchen (Marke Fliegenbein) verbreitet trübes Licht. Ich betrachte meine ruinierte Garderobe, die Fettflecken an der Wand und die trostlosen Gardinen. Unter meinen Füßen quatscht das Duschwasser von Carmens Söhnchen. Das von heute, das von gestern und das von vorgestern.

Das Hotel wurde mir nach und nach unheimlich. Bis jetzt hatte sich noch kein einziger normaler Hotelgast blicken lassen, nur gab es hin und wieder ein Huschen und ein Wispern auf den Gängen, und im Nebenzimmer schien eine größere Sippe zu wohnen, unverständliche Sprachfetzen drangen durch die Wand.

Ich kramte meinen Atlas hervor und suchte den Ort Alpen, in

dem die heutige Lesung stattfinden sollte. Er war ohne Lupe kaum zu finden – und er war mindestens siebzig Kilometer von Brettingen entfernt. Und das nachts – über die Dörfer – in dem alten Renault. Aber ich hatte ja die Servolenkung.

Während ich später den Hang zum Parkplatz hinaufkraxelte, hatte ich meinerseits mit Neid zu kämpfen. Ich beneidete Benno, die Kinder, Änne, Mary, Frau Englein, Carmen, den Macho und meine ferne Freundin Paula.

In diesem Sinne,

Deine Lisbeth

Ulm, Apartmenthaus Frech
20. Februar, Mitternacht

Liebe Paula,
habe heute den ganzen Tag im Tiefschlaf verbracht!

Nach den Strapazen der jüngsten Vergangenheit war es einfach notwendig, auf diese Weise Vergessen zu suchen, denn eine Lesung in Alpen nach einem Tag in der Brettinger »Blume« ist einfach mehr, als eines Dichters Seele verkraften kann, selbst wenn es sich um eine so robuste, durch langjähriges Dienen an der Familienfront gehärtete Seele wie die meine handelt. Liebste Paula, warst Du jemals in Alpen? Der Ort (nomen est omen), ein wahrer Alptraum, ist wärmstens für all jene zu empfehlen, die glauben, daß es ihnen zu gutgeht, und die in direkter Folge davon immense Lust verspüren, sich »aufs Eis zu begeben ...« Nun, anstelle besagten »Eistanzes« empfehle ich Dir eine Reise nach Alpen, aber Nacht muß es sein und kalt und neblig ... ein wenig Glätte auf den Straßen kann nicht schaden.

Ich fuhr vorgestern abend hin. Die Fahrt verlief wie oben geschildert. Einsamkeitsgefühle, Nebel, verbunden mit der Gefahr, Hinweisschilder zu übersehen, vom Wege abzukommen und mitsamt dem alten Renault irgendwo hängenzubleiben, fehlten nicht. Ich lenkte die Karre über Sträßchen dritter Ordnung. Sie führten über Berg und Tal, und ich hatte sie ganz für mich allein, denn kein Idiot – außer mir – fuhr bei dem Wetter über die Alb. Die Älbler saßen alle gemütlich in ihren Stuben, in denen die Sichtweite größer war als draußen...

Da ich recht zeitig aus der »Blume« geflohen war, kam ich eine Stunde zu früh in Alpen an. Im Ort schien Verdunklung angeordnet worden zu sein, nirgends »ein tröstlich Lichtlein«. Ich begab mich auf die Suche nach einem Lokal, aber vergebens. Der »Löwe« hatte Ruhetag, die »Glocke« Betriebsferien. Dann versuchte ich es in der Bücherei. Sie war noch verschlossen. Durch das Fenster hindurch konnte ich schemenhaft eine Putzfrau erkennen, die ihren Sauger über den Teppich schob. Ich lief zur Tür, klopfte und rappelte zusätzlich an der Klinke. Sie sah kurz auf, schüttelte den Kopf und verschwand hinter den Regalen. Nun, das kannte ich ja schon. (»Zimmerr nicht ferrtig, warrten!«)

Später irrte ich fröstelnd mit hochgezogenen Schultern durch die Gassen, landete schließlich in einer kleinen urschwäbischen Weinstube und ließ mich erleichtert auf die Bank neben dem Ofen fallen. Fünf wackere Schwaben, die ich in ihrer lokalpolitischen Debatte gestört hatte, rückten verdrossen ab. Sie fühlten sich belauscht und belästigt und warfen mir schräge Blicke zu. Die Wirtin, Typ maulig-schweigsam (sicher eine entfernte Verwandte vom Macho), brachte mir ein Viertele und eine Brezel, nachdem sie die Frage, ob man bei ihr denn auch etwas essen könne, durch unwilliges Grunzen verneint hatte. Ich trank das Viertele, nagte an der Brezel und dachte mit Grausen an die Rückfahrt, von der mich noch mindestens zweieinhalb Stunden trennten. In dieser Zeit hatte der Nebel Gelegenheit, sich zu verdichten – und er würde sie nutzen... Schließlich suchte ich nach einer Antwort auf die Frage, was zum Teufel mich eigentlich in diese gottverlassenen Nester getrieben hatte – doch das fragte ich mich seit dem Morgen ununterbrochen.

Um halb acht startete ich einen neuen Versuch Richtung Bibliothek. Sie war inzwischen besuchsbereit, gleich zwei Bibliothekarinnen erwarteten mich. Die eine war jung, optimistisch, engagiert und wild entschlossen, der brachliegenden Kultur in Alpen – etwa durch Dichterlesungen – auf die Sprünge zu helfen. Die andere war ältlich, mißmutig und ebenso wild entschlossen, besagte Sprünge zu verhindern. Sie äußerte die Meinung, daß Autorenlesungen teurer Unfug seien, der keinem nutze, und daß man besser daran täte, für dasselbe Geld Bücher anzuschaffen, die einen bleibenden Wert darstellten. Dann prophezeite sie unheilvoll, daß bei dem Wetter eh keiner käme. Sie hatte einen starken Schielblick, der es ihr ermöglichte, das eine Auge streng auf ihre Kollegin und das andere ebenso streng auf mich zu heften.

Wir starrten zu dritt und voller Gram aus dem Fenster, draußen flogen Nebelfetzen vorbei. Es war inzwischen beinahe acht Uhr, niemand ließ sich blicken. Ich dachte wieder an die Rückfahrt, den alten Renault und mein »gemütliches« Heim, das mich am Ende aller Strapazen erwartete – und mein Herz wurde schwer. Gerade wollte ich mich an die grämliche Alte wenden, um sie in ihrer Meinung, daß jegliches Autorenhonorar in Alpen besser angelegt sei, wenn man es für Bücher ausgebe, zu bestätigen, als ein Trupp Frauen erschien. Sie traten händereibend ein, waren in Anoraks und Skihosen verpackt und bestätigten sich gegenseitig, daß sie eigentlich gar nicht kommen, sondern zu Hause bleiben und die Glücksspirale ansehen wollten, wenn sie sich nicht mit irgendeiner Annemarie »solidarisch« erklärt hätten... Dummerweise war Annemarie selbst jedoch nicht erschienen, sondern daheim geblieben (vermutlich, um Glücksspirale zu sehen), was allgemeinen Unmut hervorrief.

Diese Veranstaltung brachte ich rascher als gewöhnlich hinter mich, denn der Nebel vor dem Fenster wurde stündlich dichter, und auch mein Publikum zeigte deutliche Unruhe. Nach der Lesung wurden Rufe nach Büchern laut, die man nun, da ich schon einmal da war, gern noch kaufen und signieren lassen wollte, aber kein Buchhändler hatte den Weg nach Alpen gefunden. Ich nahm mein Honorar in Empfang, und die grämliche Alte war nun vollends frustriert, da – was sie ja vorher gewußt hatte – nur so wenige den Weg zur Bibliothek gefunden hatten. Sie hielt das eine Auge auf den Scheck und das andere auf mich gerichtet und teilte mir nun in aller Deutlichkeit mit, daß sie es einfach ungeheuerlich finde, fünfzehn Leutchen etwas vorzulesen und dafür auch noch Geld zu verlangen. Inzwischen war ich übermüdet und ziemlich gereizt, so daß ich sie daran erinnerte, daß ich mich schließlich nicht selbst eingeladen hatte. »Außerdem«, fügte ich hinzu, »erfolgt die Zahlung ja nicht für die Lesung allein, sondern ist für den Aufwand gedacht, den der Autor auf sich nimmt, wenn er in einen dreihundert Kilometer weit entfernten Ort reisen muß!« Dann gab ich ihr den Rat, doch einmal einen Handwerker, einen Klempner beispielsweise, von Frankfurt nach Alpen zu bestellen. »Sie werden über die Summe staunen, die er Ihnen dafür in Rechnung stellt!«

Die Alte betrachtete mich daraufhin sehr nachdenklich und kaute sichtlich an dem Problem herum, warum um alles in der Welt sie sich denn einen Klempner aus Frankfurt nach Alpen kommen lassen sollte. Dann wandte sie sich brüsk ab und fühlte sich wieder einmal in ihrem Verdacht bestätigt: Schriftsteller sind nicht ganz dicht!

Total ausgelaugt tastete ich mich später im Dreißigstundenkilometertempo nach Brettingen zurück. Alles ging gut! Endlich angelangt, umkreiste ich den Ort dreimal und stellte den Wagen schließlich auf meinem alten Plätzchen in Hanglage ab. Es war lange nach Mitternacht, als ich mich in meinem feuchten Paradies zur Ruhe begeben konnte, die Beine fein angezogen, damit ich in den unteren Regionen des Bettes nicht mit Teddis Duschwasser aneinandergeriet. Ich versuchte zu schlafen, aber es gelang mir nicht. Innere Streitgespräche mit Macho, Carmen, Teddi, Frau Englein und »Schielblick« hielten mich wach, zudem beunruhigte mich der Gedanke, ob ich denn die Handbremse auch *wirklich* angezogen und das Licht auch *wirklich* ausgeschaltet hatte, noch zusätzlich...

Am nächsten Morgen fühlte ich mich selbst alt, grämlich und zerknittert und ähnelte in der Aura, die mich umgab, sicher der ältlichen Bibliothekarin von gestern abend. Zudem hatte ich plötzlich das Gefühl, ebenfalls zu schielen – eine direkte Folge der Erschöpfung wahrscheinlich. Ich schleppte mich zu Frau Englein, um ihr von meinem Ungemach zu berichten und energisch (Lassen Sie sich nichts gefallen!) eine andere Unterkunft zu verlangen. Frau Englein zeigte sich ob der Zustände in der »Blume«, in der angeblich bis jetzt alle Künstler bestens untergebracht und hochzufrieden gewesen waren, äußerst erstaunt, bot mir jedoch noch für den selben Tag Ersatz. Da (glücklicherweise) sämtliche »Blumen« in der näheren Umgebung besetzt waren, mietete sie mich schließlich in einem Apartmenthaus in der Innenstadt von Ulm ein, nicht ohne mir deutlich zu verstehen zu geben, daß ich ein maßlos anspruchsvoller Gast sei, dessen Launen sie, Frau Englein, ungerechtfertigterweise zu ertragen habe. (Schriftsteller sind nicht ganz dicht!) Ich nahm auch dieses stoisch hin, sank, in meinem neuen Quartier angekommen, mit einem Seufzer der Erleichterung auf mein Bett und sah mich um.

Hervorragend getroffen!!!

Meine neue Bude liegt im fünften Stock, mit Blick über die Stadt. Sie verfügt über Bad, volleingerichtete Küche und einen geräumigen Wohn-Schlafraum. Ich besitze einen großen Schreibtisch, einen Eßplatz, eine Couchecke und *drei* Leselampen!!! Zudem hatte ich gerade gestern abend frei und spürte einen seit längerem lahmgelegten Trieb, der mich Richtung Kochtopf wies. Kein einsames Herumhängen in irgendwelchen »Rössern«, »Schwänen« oder »Krügen« mehr. Befreiung von »Schnitzel bürgerlich« und »Pizza Margeritha«. Ich überlegte lange, mit welchem Menü ich den Einstand im »Fürschtenapartment« festlich begehen sollte, und entschied mich schließlich für Entenbrüstchen mit Soja-Honig-Kruste »an« Brokkoli. Dazu ein leichter Bordeaux.

Hinterher lag ich im Bett und las »Bahajama«. Die Bettbeleuchtung ist tadellos! Freiwillig werde ich hier nie mehr ausziehen, es sei denn, man trägt mich hinaus!

Im Sitzstreik,

Deine Lisbeth

PS: »Bahajama« ist ein sehr gutes Buch, ich empfehle es Dir wärmstens.

Ulm, Apartmenthaus Frech
Sonntag morgen

Liebe Pauline,
habe eine hochinteressante Entdeckung gemacht: Ich bin fürs Singledasein wie geschaffen!!! Es ist herrlich, vorausgesetzt, daß man

eine halbwegs bewohnbare Bude, einen Schreibtisch, den bekannten »eigenen Herd« und eine Bücherei in erreichbarer Nähe hat. Herz, was willst Du mehr? Gestern bin ich unten in der Zentrale gewesen und habe meinen hiesigen Aufenthalt um eine Woche verlängert, einfach so, aus Spaß, für mich allein. Kostet nicht mal die Welt, und jetzt, wo ich (Benno spricht) mehr Zaster habe, als ich überhaupt ausgeben kann (!), sollte man sich hin und wieder solche Extravaganzen leisten. Ich muß das allerdings erst üben, ich meine das »Sich-Extravaganzen-Leisten«. Nicht leicht für eine langgediente Haussklavin, deren Denken länger als fünfundzwanzig Jahre in das bekannte Schema gepreßt war: erst die Kinder, erst der Mann, erst die Verwandtschaft, erst die Freunde, die Kollegen, die Bügelwäsche, die Einkaufsliste, die Flusen auf den Teppichen und die Fingerspuren an den Türen... erst, erst, erst... und *dann* vielleicht... aber *nur* vielleicht! Und vor lauter »erst« kommt es nie dazu.

Im Vertrauen, Pauline, ich weiß nicht recht, was über mich gekommen ist, aber irgendwie habe ich das komische Gefühl, daß mich nicht mal die Fingerspuren an den Heckenwegtüren noch etwas angehen (sie bildeten immerhin jahrzehntelang einen wichtigen Posten in meinen Gedanken) und daß ich kurz davor stehe, völlig (und unerwarteterweise) auszuflippen! Und diese niedrigen Instinkte werden nicht mal vom schlechten Gewissen gebremst, das plötzlich gänzlich zu versagen scheint, nachdem es so viele Jahre lang voll funktionsfähig war und mich vor »vielen schlimmen Fehlern« (und einem eigenen Leben) bewahrt hat.

Gleich am zweiten Tag meines paradiesischen Daseins im Apartmenthaus Frech hatte ich das wahnwitzige Gefühl, hierher zu gehören, was sich in merkwürdigen Impulsen äußerte.

Ich lieh mir zum Beispiel im Büroladen gegenüber eine Schreibmaschine und stattete mir den völlig unnütz im Raum thronenden Arbeitstisch mit Manuskriptpapier und einem Tipp-Ex-Fläschchen (!) aus. Dann erbat ich von der Bücherei, in der ich abends eine Lesung hatte, einen Ausweis, so daß ich sofort Bücher ausleihen und in mein Reich transportieren konnte, und am dritten Tag hatte ich mir eine so gemütliche Atmosphäre geschaffen, daß sicher jeder zufällig Vorbeikommende gedacht hätte, ich wohnte schon ewig hier. Zum Glück kam bis jetzt aber niemand vorbei, weder zufällig noch geplant.

Vorgestern hatte ich eine Lesung in Kornwestheim. Ich telefonierte vorher noch einmal mit der Bibliothekarin, die mir anbot, für diese Nacht eine Unterkunft am Ort zu besorgen. Aber obwohl die Dame ganz reizend war, sich persönlich auf mein Kommen freute und sich mit meiner Lesung beinahe mehr identifizierte als ich selbst (eine Unterbringung in irgendeiner »Blume« war also nicht zu befürchten), zog ich es vor, den Spätzug zu nehmen und die Nacht lieber »zu Hause« zu verbringen. Ich sagte tatsächlich »zu Hause«, ohne daß es mir auffiel, und merkte meinen Irrtum erst, als sie stockte und mich dann fragte, ob ich etwa jetzt in Ulm wohnte. »Nicht ganz«, sagte ich, »leider nur fast!«

Die Lesung in Kornwestheim war dann eine der ganz erfreulichen Veranstaltungen. Das dortige Publikum unterschied sich auf geheimnisvolle Weise von dem Publikum in Graichingen, einem Ort, der von Kornwestheim nicht allzuweit entfernt ist. Das ist überhaupt eines der unerklärlichen Geheimnisse, die einem auf einer Lesereise begegnen. Du liest zum Beispiel in Fischen: Totenstille, wachsartige, unbewegliche Gesichter, kein Funken Begeisterung. Dann einen Tag später in Brettbach, nicht mehr als etwa zwanzig Kilometer weiter: erwartungsvolle Stimmung, helle Begeisterung und ein Publikum, das jede Nuance mitkriegt. Es muß etwas mit dem Veranstalter zu tun haben und dessen persönlichem Engagement für einen Leseabend und den betreffenden Autor. Hat er Interesse an ihm und seinem Buch, oder gehört er eher zu der Sorte: »Wie hieß eigentlich dieser Autor noch, der ausgerechnet heute abend angeschrammt kommt? Na, ist auch egal, Hauptsache, er liest nicht wieder so lange wie der vom letztenmal. Furchtbar, diese eitlen Typen!«

Die Bibliothekarin in Kornwestheim gehörte merklich nicht zu der »Wie hieß der Autor noch?«-Sorte. Sie hatte mein Buch sogar gelesen (!) und lud mich vor der Veranstaltung zum Essen ein. Wir plauderten angeregt, und sie gestand mir, vor Lesungen immer ein wenig aufgeregt zu sein. »Ich auch!« sagte ich. In bester Stimmung betraten wir dann die Bücherei, und der Funke zündete sofort. Es war so ein munter weiterhüpfender Veranstalter-Autor-Publikum-Funke, jener Funke, ohne den es nicht geht und den kein Autor ganz allein entzünden kann.

Der Tag lief überhaupt gut an. Ich hatte den alten Renault in Brettingen zurücklassen müssen (zur Strafe, nehme ich an), aber der Abschied tat mir nicht allzu weh. Unsere gemeinsamen Reiseerlebnisse waren nicht so ersprießlich gewesen, als daß es sich gelohnt hätte, unsere Zufallsbekanntschaft zu vertiefen. Ich nahm also den Frühzug, und weil ich den ganzen Tag zur Verfügung und kein Hotelbett am Ort hatte, in dem ich ihn hätte verbringen können, beschloß ich endlich mal wieder, in ein Museum zu gehen.

Es war nach – schätzungsweise – zwanzig Jahren mein erster Versuch in dieser Richtung, und so schnell werde ich ihn nicht vergessen. Ich betrat die heilige Stätte konservierter Vergangenheit gegen elf Uhr, und bereits mein Eintritt hatte eine seltsame Reaktion zur Folge. Der Mann an der Kasse begann eifrig mit dem Wärter zu tuscheln, beide bedachten mich mit äußerst interessierten Blicken. Ich lachte sie etwas verunsichert an, das schien sie auf merkwürdige Weise zu erfreuen. Sie nickten sich bestätigend zu. Ich begab mich in den ersten Ausstellungsraum, der Wärter folgte mir auf dem Fuße. Ich betrachtete die Vitrinen, der Mann betrachtete mich. Sobald sich unsere Blicke trafen, grinste er breit. Ich grinste zurück. Er zwinkerte mir zu, ich tat, als ob ich nichts gesehen hätte. An der Tür zum Filmraum stockte ich kurz und las das Schild, welches dort angebracht war. »Filmvorführungen nur für Gruppen ab zehn Personen oder nach Voranmeldung.« Ich schlenderte weiter. Der Wärter sprach mich an. »Wenn Sie Interesse haben, zeige ich Ihnen den Film selbstverständlich auch allein. Exklusiv, sozusagen!«

»Aber ich bin keine Gruppe«, sagte ich erschreckt und hätte fast hinzugefügt: »Gott sei Dank!«

»Aber, gnädige Frau«, sagte mein Fan (ich war inzwischen überzeugt davon, daß er etwas Ähnliches sein mußte), »ich bitte Sie!«

Ehe ich mich versah, saß ich in dem menschenleeren Saal. Das Licht ging aus, der Film flirrte über die Leinwand. Er hatte etwas mit der Gründung, Zerstörung und Wiederherstellung des Museums zu tun. Es dauerte beinahe dreißig Minuten und ödete mich an. Kaum war die Vorführung beendet, stand mein treuer Begleiter schon wieder parat. Er riß mir die Tür auf. »Wie hat es Ihnen gefallen?«

»Danke für Ihre Mühe!«

»Aber das tut man doch gern. Wenn Sie möchten, zeige ich Ihnen noch den Film von...«

»Schönen Dank«, schrie ich entsetzt. »Ich habe wenig Zeit!«

»Verstehe«, sagte der Mann und nickte bedeutungsvoll mit dem Kopf. In beschleunigter Gangart setzte ich meinen Rundgang fort und beendete ihn früher als geplant. Der Mann blieb mir auf den Fersen, bot mir jedoch keine weiteren Dienste an, sondern beschränkte sich darauf, mich anzugrinsen, sobald sich unsere Blicke trafen. Mir taten vom vielen Zurückgrinsen bereits die Mundwinkel weh. Ich strebte dem Ausgang zu. »Es war sehr interessant. Herzlichen Dank für Ihre Mühe!«

Er wagte einen letzten Versuch. »Wenn Sie mir vielleicht ein Autogramm geben würden? Ich bewundere Sie seit Jahren!«

Das war mir nun doch zuviel. *Er* bewunderte *mich*? Seit *Jahren*??? »Ich glaube, Sie verwechseln mich!« sagte ich irritiert.

Er grinste wieder. »Ausgeschlossen, ich hab' ja Ihr Foto in der Zeitung gesehen. Ich hab' zu meinem Kollegen gesagt, Liselotte Pulver ist im Landkreis, paß auf, Anton, die kommt bestimmt mal vorbei. Zu uns kommt ja oft Prominenz!« fügte er wichtig hinzu. »Wenn Sie jetzt vielleicht das Autogramm...« Aufmunternd schob er mir seinen Block zu.

»Aber ich bin nicht Liselotte Pulver...«

Anton lächelte wissend. »Wir verstehen, daß Sie unerkannt bleiben wollen, möchten ja die meisten Prominenten, inkognito reisen und so, aber uns könnten Sie doch... das eine Mal... Wissen Sie übrigens, woran wir Sie auf Anhieb erkannt haben?« fügte er mit geheimnisvoll gesenkter Stimme hinzu.

»Nein, aber das würde mich wirklich interessieren!«

»An Ihrem Lachen!«

Ich seufzte, nahm endlich den Block und schrieb: »Herzlich Ihre Lis Beth.«

Die Männer warfen einen Blick auf mein Autogramm und nickten hochzufrieden. Ich hatte ein weiteres Klischee bestätigt. Prominente wollen nicht nur unerkannt bleiben, ihre Unterschriften kann kein Schwein entziffern.

»Sie haben kürzlich auch ein Buch geschrieben, gell?« rief Anton mir nach, als ich bereits an der Tür war.

»Ja!« rief ich zurück und entfloh endgültig ins Freie. Draußen atmete ich erst mal tief durch und überlegte, wie es möglich war, sich bereits in drei Tagen Singledasein im Apartmenthaus Frech so drastisch zu verändern. Bis jetzt hatte mich jedenfalls noch nie jemand an meinem *Lachen* erkannt, es mußte ganz neu sein!!!

Im Weitergehen fiel mir dann ein, daß man das Leben von Liselotte Pulver wahrscheinlich immer überschätzt hat, ebenso wie das von Maria Schell.

Liebes Paulinchen, Du siehst an alledem, daß sich mein Dasein auf wunderbare Weise gewandelt hat. Ich sitze hier im fünften Stock über den Dächern von Ulm, fühl' mich vergnügt wie der berühmte Ulmer Spatz und steh' hin und wieder auf, um mein »Burgunder Hähnchen« zu begießen, das ich gleich genießen werde, und zwar ohne daß jemand mit am Tisch sitzt, der mir grämlich zu verstehen gibt, daß er Burgunder Hähnchen eigentlich nicht mag! Anschließend werde ich ein wenig durch die Altstadt bummeln und im Dom eine Kerze anzünden. Ich habe das Bedürfnis, »dem Chef« für die Beförderung zu danken... und meiner Freundin Paula natürlich auch. Gestern rief übrigens Benno an. Seine Stimme klang sehr fremd, und sie kam von weit her. Die Verbindung scheint gestört, Gott sei Dank.

Freude schöner Götterfunken...

Lisbeth

Ein Tag später
Gestern, ich lehnte gerade sinnend am Fenster und überlegte, ob ich meinen Aufenthalt hier nicht um eine weitere Woche verlängern sollte (es kam mir in der Tat plötzlich nicht mehr machbar vor, »meine« Bude so bald schon zu verlassen, und der Heckenweg samt Inventar erschien mir so weit entfernt wie nie), stand Benno plötzlich auf der Matte. Welch eine Überraschung!

Er trat schweigend ein und brachte viel kühle Luft von draußen mit – und viel Fremdes – und erwischte »uns« sozusagen in flagranti, nämlich mich und die Schreibmaschine, in der der Brief an Dich noch eingespannt war. Ehe ich mich fassen konnte, vertiefte er sich in die letzten Zeilen, die er mit unbeweglicher Miene las. Ich benahm mich einfach idiotisch, indem ich sofort in mein altes Rollenverhalten zurückfiel, aufgescheucht hin und her rannte, die Aschenbecher leerte und Bücher und Zeitschriften vom Sofa fegte, derweil ich »Aber nun setz dich doch, mach es dir bequem, was darf ich dir anbieten« und ähnlichen Unsinn von mir gab. Benno äußerte sich nicht zu den Erkenntnissen, welche er durch die Lektüre meines Briefes an Dich gewonnen hatte (so er denn überhaupt welche gewonnen hatte), sondern nahm auf der Sofakante Platz und schenkte dem Raum einen angewiderten Rundumblick.

»Gott, wie ungemütlich!« stellte er fest.

»Es ist ja bloß vorübergehend!«

»Zum Glück!« meinte er. »Ist ja furchtbar!« Dann stand er auf, trat ans Fenster und entweihte die Aussicht. »Trostloses Kaff!«

»Mit dem Heckenweg ist es natürlich nicht zu vergleichen!« sagte ich ironisch.

»Trostlos!« wiederholte er kopfschüttelnd.

Wir tranken dann zusammen eine Tasse Tee. »Herrenbesuch«, dachte ich. »Wie prickelnd!«

»Wann ist diese Rumreiserei eigentlich endlich vorbei?« fragte er.

»Nächste Woche«, sagte ich.

»Du hast selten angerufen!« stellte er fest.

»Ich hab' ja abends zu tun!«

»Hm-mm«, machte er und zog angewidert die Mundwinkel nach unten, als ob mein Arbeitsplatz auf der Reeperbahn angesiedelt sei. »Du hast übrigens einen Brief von *frau & press* bekommen, einen Scheck, glaube ich, und noch einen größeren Umschlag, vermutlich Rezensionen. Und etwa fünfzehn Anrufe für weitere Lesungen! In der Bestsellerliste bist Du jetzt auf Platz fünf.«

»Ich weiß«, sagte ich.

Er sah mich sinnend an. »Das müssen wir jetzt aber mal in den Griff kriegen«, sagte er dann. »Ich meine, das ufert ja langsam aus!«

»Stört mich eigentlich nicht!«

»Was?«

»Das Ausufern!«

Er musterte mich schweigend. »Ja und dann das mit dem Geld, darüber müssen wir auch mal sprechen, ich meine, wie wir es anlegen, ehe die Steuer kommt und alles abkassiert!« Er grinste. »Schließlich bist du – ich meine, jetzt mal rein steuertechnisch gesehen – so etwas wie eine Unternehmerin geworden.«

Verdammt, daran hatte ich überhaupt noch nicht gedacht.

»Daran hast du überhaupt noch nicht gedacht, was?« Er lächelte selbstzufrieden.

»Natürlich nicht«, sagte ich verärgert, »ich meine, natürlich doch!«

Wir schlenderten dann ein wenig durch die Stadt. Ein blödes Kaff! Es nieselte, wir landeten in einem Café.

Benno räusperte sich, dann hob er erneut zu sprechen an: »Wir treten ja nun in eine neue Lebensphase ein!«

»Du meinst jetzt, wo ich vermögend bin?«

»Ich meine jetzt, wo wir die Kinder groß haben. (Wir???) Man sollte diesen neuen Abschnitt ernsthaft planen.«

Ich unterdrückte mit Mühe ein Gähnen. »In welche Richtung gehen deine Überlegungen?«

»Richtung Umbau des Hauses oder Zweithaus im Süden.«

Mir kam fast die Galle hoch. Ich sah mich im Ersthaus die Koffer ein- und im Zweithaus wieder auspacken. Ich sah mich die Küche im Ersthaus putzen und dann die im Zweithaus. Heckenweg: graugesprenkelte Fliesen, Zweithaus: braungesprenkelter Stein.

»Du mußt jetzt keinen Schreck kriegen«, meinte Benno und sah mich geradezu väterlich an. »Natürlich weiß ich auch, daß dein Kapital für ein Zweithaus nicht ausreicht, aber«, er senkte vertraulich die Stimme, »ich habe auch was angespart (interessant zu wissen!!!), und Mutter würde sich selbstverständlich auch beteiligen. Ich meine nicht, daß sie dann immer mit uns hinfahren würde!« setzte er hastig hinzu. »Aber irgend etwas muß schließlich geschehen, und ich denke, daß du ja auch in Zukunft ein wenig schreiben wirst, vielleicht sogar mal etwas Ernsthaftes, und dann haben wir den Salat!« Er hielt erschöpft inne.

»Das Finanzamt wird uns schon helfen, den Salat zu fressen!«

Er sah mich verbittert an. »Wir können einfach nicht vernünftig miteinander reden!« stellte er fest. »Das ist das Problem!«

»Genau!« antwortete ich. Die Serviererin brachte den Kaffee. Wir rührten stumm in den Tassen.

Schließlich sagte er: »Würde es dir denn gar keine Freude machen, auch endlich mal ein wenig zum Haushalt beizusteuern, nachdem du jahrzehntelang von dem Geld gelebt hast, das andere für dich verdient haben?«

»Zahlen«, rief ich und grinste ihn an. »Ich lade dich ein!«

Wir schlenderten dann an der Donau entlang zum Parkplatz.

»Hoffentlich komme ich in keinen Stau«, sagte er. »Ich muß heute abend noch arbeiten.«

»Wird schon klargehn!« sagte ich.

»Und du halte dich tapfer! Du scheinst mir doch reichlich abgekämpft.«

»Die eine Woche noch...«

Wir hatten unsere Zeremonie des Abschieds bereits hinter uns gebracht, da fiel ihm noch etwas ein. Er kurbelte das Wagenfenster hinunter. »Fast hätte ich es vergessen, schöne Grüße von Frau Schweizer. Sie hat in der ganzen Zeit unsere Mülltonne rausgestellt, ich meine, da mußt du dir irgendwas einfallen lassen, 'n kleines Präsent oder so.«

»Geht klar«, sagte ich.

»Ja also dann, tschau, ich ruf' noch mal an!«

Ich stand wie doof auf der Straße und winkte meinem davonfahrenden Ehemann nach. Dann eilte ich fliegenden Fußes »nach Hause« und liftete in die fünfte Etage hinauf. Aber der Abend hatte einen Sprung. Die Bude kam mir plötzlich so unbewohnt vor. Wir fremdelten uns an und sagten wieder »Sie« zueinander. Kalt war es auch. Selbst die Aussicht über die Dächer erheiterte mich nicht. Bonsoir, tristesse!

Ich werde doch nicht verlängern. Ende der Woche reise ich ab.

L.

Apartmenthaus Frech
Freitag abend

Liebe Paula,
ehe ich morgen früh die Schreibmaschine zurückbringe, rasch noch ein Grüßchen.

Ich habe mein sonntägliches Tief überstanden. Schon am nächsten Morgen nach Bennos »Überfall« ging es mir wieder gut, und ich konnte die Woche genauso frisch-fröhlich verbringen, wie ich es mir vorgenommen hatte. Aber es ist schon merkwürdig, wie einem ein einzelner Mensch in wenigen Stunden die schönste Stimmung versauen kann. Ich lag nach seiner Abfahrt die ganze Nacht schlaflos herum und zermarterte mir das Gehirn und dachte, wie gefährlich rasch man wieder ins Rad der Rituale gerät und daß ich scharf aufpassen muß, damit es nicht noch mal passiert. Mir kam auch wieder der Gedanke, der in letzter Zeit immer öfter aufgetaucht war (genauer gesagt, seitdem ich hier hause), nämlich der Gedanke, mir ein ganz ähnliches Apartment in der Kreisstadt zu mieten. Ich wäre dann einerseits für meine Leute am Heckenweg nicht ganz aus der Welt, könnte aber endlich einmal arbeiten (und leben), wann und wie es mir paßt. Dann dachte ich wieder, daß diese Idee vielleicht doch totaler Blödsinn ist (du bist verwirrt, mein Schatz) und es in der Tat vernünftiger wäre, am Haus einen Flügel anzubauen, den ich mir dann für meine persönlichen Bedürfnisse einrichten könnte. Ich wurde vom vielen Hin und Her meiner Gedanken ganz kribblig und immer munterer, und schließlich stand ich auf und legte eine Punkteliste an, eine für »Apartment« und eine für »Heckenweg«, und danach konnte ich endlich beruhigt einschlafen. Ich hatte auf der Seite »Apartment« zwölf Punkte und auf der Seite »Anbau Heckenweg« gerade mal einen, nämlich den Punkt »Familienzentrum erhalten«!

Dabei fiel mir jedoch sofort auf, daß dieser Punkt das bekannte »Erst die anderen«-Denken beinhaltet, jenes Denken, mit dem ich bis jetzt *nur*, aber auch *nur* auf die Schnauze gefallen bin. Gleichzeitig wurde mir klar, daß ich so viele Seitenflügel anbauen und selbige durch Stahltüren verschließen kann, wie ich will, der verdammte Haushalt wird immer ein Schlupfloch finden, und Bennos

»Auge« wird auf mir ruhen, und mein Blick wird stets zwischen Schreibmaschine und Uhrzeiger hin und her pendeln... Zudem: Die Begeisterung der Kinder fürs »Zentrum der Familie« flammt allenfalls noch einmal im Jahr zu Weihnachten auf, und dafür kann eigentlich kein Mensch von mir verlangen, das »Hotel« ganzjährig in Betrieb zu halten.

Szenenwechsel: Ich sehe das Zweithaus, in dem die Kinder mit ihren Freunden vielleicht so zwei-, dreimal einfallen, solange die Begeisterung halt anhält, und ansonsten sitzen Benno und ich allein dort rum und bestätigen uns mit immer schwächer werdender Stimme, wie schön es doch sei. Und ansonsten geht Benno grämlich umher und konstatiert Schäden und flucht über Rechnungen, und zwar über die, die heute gekommen sind, und über die, welche die Zukunft noch parat hat, und verbringt viele fröhliche Stunden damit, den Wiederverkaufswert des Hauses auszurechnen, und liegt mir in den Ohren, daß bei immer stärkerer Besiedlung »unseres« Hanges besagter Wiederverkaufswert gefährlich sinkt.

Bereits am Montagabend rief Benno an. Er gab sich leutselig. (Moos macht miese Männer munter.) Er bedankte sich für den netten Nachmittag!!! »Mutter läßt auch herzlich grüßen. Und das mit Frau Schweizer hat sie im übrigen schon geregelt. Blumenstrauß und Pralinenkasten. Frau Schweizer war richtig gerührt.«

»Wie lieb«, sagte ich schwach.

»Wir wollen dir doch alle ein wenig helfen«, meinte er innig. »Wann genau kommst du zurück?«

»Samstag abend!«

»Trifft sich gut«, sagte er. »Ich hab' da nämlich schon ein Angebot für ein Ferienhaus, ein Kollege von mir will's loswerden, wir könnten da nächste Woche mal hinfliegen... (interessant, über wieviel Zeit mein überbeschäftigter Mann plötzlich verfügte!) ... es liegt in...«

»Ich habe beschlossen, statt dessen ein Apartment in der Kreisstadt zu mieten!«

»Um Himmels willen, was sollen wir denn mit einer Bude in der Kreisstadt«, schrie er entsetzt.

»Nicht wir, *ich*...!«

Er legte eine Schweigeminute ein.

Schließlich sagte er: »Lisbeth, du solltest jetzt nichts überstürzen. Komm erst mal zurück, und wir überlegen uns das ganz in Ruhe!«

»Aber ich *habe* es mir in Ruhe überlegt!«

Erneutes Schweigen, eine ganze teure Fernsprechminute lang.

»Du bist total hysterisch geworden«, stellte er schließlich fest und fiel augenblicklich in die alte Bennorolle zurück. »*Total hysterisch!* Kaum bist du – ich meine das jetzt wieder rein steuertechnisch – zur Unternehmerin avanciert und verdienst ein paar Mark, schon flippst du völlig aus!«

Kurze Pause, dann erging er sich in Erinnerungen. »Mein Gott, wenn ich denke, wie oft mich mein Job angeelendet hat, wie oft wollte ich am liebsten alles hinschmeißen, abhauen, für niemanden mehr verantwortlich sein, das Geld, das ich schwer genug verdienen mußte, endlich mal für mich ausgeben, aber das sind doch Wünsche, die man als erwachsener Mensch rasch überwindet! Bloß, du bist eben nicht erwachsen, das ist es!«

Da hatte er gar nicht mal so unrecht. Kein Mensch, der von einem anderen ganz und gar abhängig ist, hat je die Chance, wirklich erwachsen zu werden.

»Dann mache ich dir jetzt einen anderen Vorschlag«, sagte ich und grinste mir im Spiegel aufmunternd zu. »Du gibst diesen elenden Job auf, und ich übernehme Ruder und Verantwortung. Ich werde mir dieses Apartment mieten und mich reinsetzen und versuchen, etwas Ernsthaftes zu schreiben, und du bleibst endlich mal gemütlich zu Hause und schmeißt den Haushalt. Natürlich wird es anfangs finanziell ein wenig knapp werden, aber ich denke doch, daß wir zurechtkommen und auch ab und an mal unsere kleinen Freuden haben. Einmal im Monat machst du dich zum Beispiel richtig schick, und wir gehen zum Jugoslawen, und dann hab' ich vor, in einen Schriftstellerverein, den InAuBu beispielsweise, einzutreten. Da finden regelmäßig Versammlungen und gesellige Treffs statt, du kannst da gerne mitkommen. Und wenn die Lektorin von *frau & press* zu Besuch kommt, dann unterhältst du dich nett mit deren Mann, damit ich in Ruhe mit ihr über ein neues Buch sprechen kann. Das ist dann für dich auch mal eine kleine Abwechslung, ich meine, es muß ja nicht immer alles ein Schweinegeld kosten, es geht ja auch bescheidener.«

Er schwieg.

»Es wäre überhaupt zu überlegen«, fuhr ich fort, »ob dich der Haushalt ganz ausfüllen wird und es nicht sinnvoll wäre, daß du einen Kurs für Maschinentechnik absolvierst, dann könntest du meine Manuskripte abtippen, und ich könnte die Produktion steigern, und um die Organisation der Lesereisen könntest du dich zum Beispiel auch kümmern. Der Mann sollte sich überhaupt mehr für den Beruf seiner Frau interessieren, sonst wird er schnell uninteressant für sie, und schließlich lebt man sich auseinander...«

»Sag bloß, du möchtest so einen Schlappi zum Mann haben«, sagte er gepreßt. »Ich kann dir jetzt schon sagen, was als nächstes käme. Der Typ in der Schürze würde dir nämlich ganz schnell über, und du würdest ihn mit einem echten Macho betrügen.«

»Wahrscheinlich«, sagte ich. »Aber ich würde das ganz diskret tun, du würdest bestimmt nicht darunter leiden, dazu liebe ich dich auch viel zu sehr! Und solange du mir ein gemütliches Zuhause erhältst, eins, in dem man sich wirklich wohl fühlen und entspannen kann, und mir nicht mit Vorwürfen und hysterischer Nachspioniererei auf den Wecker fällst, solange hast du nichts zu befürchten und kannst damit rechnen, daß du deinen Platz an meiner Seite behalten wirst. Natürlich immer vorausgesetzt, du nervst mich nicht mit dummen Reden und läßt mir meine kleinen Freiheiten!«

Ich hörte ihn schwer atmen.

»Reg dich nicht auf«, sagte ich freundlich, »ich mach' ja nur Spaß!«

»Du mit deinen blöden Späßen«, schrie er mich an und legte auf.

Samstag mittag

So, alles erledigt! Die Maschine und die Leihbücher sind schon weg, die Koffer gepackt. Der Abschied fällt sonderbar schwer. Eben bummelte ich noch einmal so durch die Stadt und schaute auch im Buchladen vorbei, Frauenecke. Mein Büchlein lachte mir in einem erfreulich hohen Stapel entgegen. Gleich daneben war die Abteilung mit den Ratgebern untergebracht. Ratgeber für Frauen, Thema: Wie frau *ihn* hält:

»Schlank und schön für ihn« (er macht Karriere, sie Diät).

55 Ratgeber für die lebendige, die kreative, die gleichberechtigte, die kommunikative Partnerschaft, und wie man sein Interesse daran weckt.

32 Ratgeber für den Fall, daß es zwar gelungen ist, sein Interesse zu wecken, nicht aber, es auch dauerhaft zu halten: »Mein Mann geht nie mehr fremd«, »Die Rivalin und wie man sie loswird« (wahlweise: akzeptiert, verdrängt, zur Freundin gewinnt).

»Der zweite, dritte, fünfte und siebzehnte Versuch, lebendige Partnerschaft zu leben – zehn Regeln zum Durchhalten.«

Und so weiter und so weiter. Mir wurde ganz schwindlig davon. Ich suchte nach einem ähnlichen Ratgeber für Männer: »So hört mann ihr zu! Kommunikationstraining in fünf Schritten.« »Deine Frau und ihr G-Punkt. Spurensuche leicht gemacht.« Oder wenigstens: »Laß sie laufen, geh einen saufen! Alternativen für das Leben ›danach‹.« Aber für Bücher dieser Art scheint es keine Zielgruppe zu geben.

Ich strich so an den Regalen entlang, ignorierte all die Ratgeber, für ihn schlank und schön zu bleiben, und sogar den Bestseller »Gespräche mit meinem Mann – ein Erlebnisbericht« und entschied mich schließlich für »100 Tips für Jungunternehmer«. Die neun Mark achtzig scheinen mir gut angelegt.

Pauline, ich hoffe, daß ich den Frühlingsbeginn schon in meiner eigenen Bude feiern kann. Gleich Montag werde ich zum Makler gehen. Zur Zwei-Personen-Einweihungsparty möchte ich Dich heute schon herzlich einladen. Dann trinken *wir* einen!

Umarmung, Deine Lisbeth

Die Frau in der Gesellschaft

Claudia Keller
Windeln, Wut und wilde Träume
Briefe einer verhinderten Emanze
Band 4721

Lisbeth, verheiratet, zwei Kinder, hat den Familienkrieg satt, den Absprung in die Emanzipation jedoch dummerweise verpaßt. Um sich zu erleichtern, beginnt sie einen Briefwechsel mit ihrer Freundin Paula. Lisbeths Briefe an Paula schildern bissig-selbstironisch Szenen aus dem Ehe- und Familienleben.

Claudia Keller
Kinder, Küche und Karriere
Neue Briefe einer verhinderten Emanze
Band 10137

Lisbeth scheint den Sprung in die Emanzipation leider endgültig verpaßt zu haben. Mit Witz und Sarkasmus und einer gehörigen Portion Selbstironie berichtet sie in ihren »neuen Briefen einer verhinderten Emanze« von ihren tapferen, jedoch vergeblichen Versuchen, die drei »Ks«, gegen den Willen der Familie unter einen Hut zu bringen.

Fischer Taschenbuch Verlag

fi 1149/1